Mit dem anderen Auge

Peter Wapnewski

Mit dem anderen Auge

Erinnerungen 1959–2000

Berlin Verlag

Die Abbildungen auf S. 246 und 247 (oben) sind von Isolde Ohlbaum, die übrigen aus dem Privatbesitz des Autors.

Umschlaggestaltung: Nina Rothfos und Patrick Gabler, Hamburg | Gesetzt aus der Stempel Garamond durch psb, Berlin | Druck & Bindung: Ebner & Spiegel, Ulm | Printed in Germany 2006 | ISBN-13: 978-3-8270-0657-8 | ISBN-10: 3-8270-0657-0

Wir sind die Letzten.
Fragt uns aus.
Wir sind zuständig.

Hans Sahl, 1973

Inhalt

Vorwort

Eine geteilte Lebensbeschreibung will nicht die Behauptung eines geteilten Lebens sein. Sie nimmt auf, was jedes Leben akzentuiert. Denn Leben ist ja kein kontinuierlicher Fluss, sondern es ist modelliert durch den Ablauf in Phasen, durch Zäsuren, durch sich ablösende Kapitel von hervorragender oder hintergründiger Bedeutsamkeit.

Der erste Band: Verblasste Bilder gewannen wieder Farbe, Kinderspiele also, bürgerliche Kost und Kriegsgeschrei. Das »andere Auge« begründete sich primär physiologisch, eben als Resultat der Verwundung im Russlandfeldzug 1942. Aber der Titel wollte auch, wollte vor allem die Einseitigkeit und damit Unzulänglichkeit einer Darstellung von Werken und Tagen, von Menschen und Dingen charakterisieren, wie sie gesetzhaft Teil einer ich-verhafteten Lebensbeschreibung ist. Denn der Wille zur Gerechtigkeit schließt den Eigenwillen des Ungerechten nicht aus.

Das Konzept versicherte sich: Je bescheidener der Anteil des subjektiv-moralischen Ichs, des individuellen Eigensinns, desto deutlicher der Teil von Zeit und Zeitgeschichte, um deren Erfassung willen sich das Ich überhaupt ermutigt, ja autorisiert fühlte zum autobiografischen Tun. In der Reaktion auf den Jugend-Band wurde mit gewisser Regelmäßigkeit diese Aussparung des Persönlichen, die Reduktion des Privaten, das Verschweigen dessen bedauert, was der Verfasser als dem Bereich des Intimen zugehörig und also der öffentlichen Bekanntgabe vorzuenthalten für richtig hielt. Der Tadel dieses Defizits ist nicht spurlos an ihm vorübergegangen.

So war denn der Text des zweiten Bandes darauf bedacht, bei sich ergebender Gelegenheit auch dem persönlichen Erlebnis, der Provinz des Privaten, der subjektiven Impressionen ihr Recht einzuräumen: Immer unter der Voraussetzung des Exemplarischen, das heißt der getrosten Vermutung, dass über das jeweilige Detail hinaus als zeichenhaft und typisch zu verstehen sei, was hier notiert und notifiziert wurde. Die *Fabula* mag sich ihres Unterhaltungswertes erfreuen, entscheidend war und bleibt ihre Fähigkeit des *Docere*. Das heißt der Erhellung dessen, was dem Blick aufs Allgemeine leichthin verborgen bleibt; des Bedeutsam-Machens dessen, was sich mit dem Anschein des Unbedeutenden, des Üblichen zufrieden gibt.

Der erste Band hat sich weit über die Erwartung von Verlag und Autor hinaus wohlwollender Aufnahme und hilfreicher Aufmerksamkeit erfreuen dürfen. Aus der großen Zahl von Rezensionen erwähne ich dankbar für Zustimmung, Ermutigung und kritisch helfende Einwände vor allem die Besprechungen durch Fritz J. Raddatz in der »Zeit« (22. September 2005) wie durch Hermann Rudolph im »Tagesspiegel« vom Tag der Erstvorstellung (30. September 2005). Sowie die umfangreichen Würdigungen von Hans Martin Gauger (»Frankfurter Allgemeine« vom 5. Januar 2006) und von Tilman Krause (in der »Literarischen Welt« vom 7. Januar 2006) und den gedanklichen Austausch im Gespräch mit Felix E. Schmidt, gedruckt im »Rheinischen Merkur« (Nr. 49, 2005). Darüber hinaus weithin hallend Marcel Reich-Ranickis mehrfache großzügige Empfehlung. Ich habe diese Einlassungen empfinden dürfen als Antworten, gleichviel ob jeweils im zustimmenden oder im widersprechenden Sinne. Ihnen – und dazu nicht wenigen anderen – habe ich für das zu danken, was dem Autor (im allgemeinsten Sinne, also auch dem Künstler und Wissenschaftler) die Bestätigung ist für Sinn und Berechtigung seines Tuns: dass er verstanden wurde, – was durchaus nicht gleichbedeutend sein muss mit gelobt.

Ähnliches gilt für die unerwartet hohe Zahl von Briefen, die auf das Buch antworteten (und die den sich zuweilen überfordert fühlenden Verfasser zu einer schriftlichen Antwort nötigten). In ihrer großen Mehrzahl abgestimmt auf den Tenor der Erinnerung: Ja, so war es auch bei uns …! Gelegentlich aber auch mit dem Gegenbild einer ganz anders erlebten und erfahrenen Jugend, ihrer Spiele, ihres Missbraucht-Seins, ihrer Gefahren: In Freud und Leid, sagt man in solchem Zusammenhang wohl. Sehe ich recht, überwog in Kindheit und Jugend dieser Generation eher doch das Leid: durch irregeleitete Erziehung, durch politischen Zwang, durch oktroyierten Verzicht und frühe Entbehrung. Und jenes Leid, wie Unordnung es bringt. Denn es lag ein unordentliches Gesetz über dieser einer herrischen Ordnung ausgelieferten Zeit. Nunmehr galt es, in der sich fortschreibenden Lebensschilderung zu zeigen, wie – nach einem schönen Nietzsche-Wort – dem Werden der Charakter des Seins aufgeprägt wurde.

Der erste, der Jugend-Band, endete wohlbedacht mit der Rückkehr aus den USA, aus dem reich schenkenden und bewunderten Harvard. Mit dem Ruf an diese ehrenreiche Universität endete eine Phase der persönlichen Erprobung, der sich die des eigentlichen Erwachsenseins anschloss. Damit ist gemeint: Mit der Berufung an die Universität Heidelberg, mit der Ernennung zum Ordentlichen Professor, mit den auf diese Weise sich verfestigenden Lebensverhältnissen und Lebenszielen war ein neues, stabil wirkendes und wesentliches Stadium in der Geschichte des eigenen Selbst erreicht. Das einer gewissen Endgültigkeit, die festlegte, was bisher noch fraglich und unentschieden gewesen war. Und die über das wissenschaftliche und lehrende Tun hinaus zwangsläufig auch weiter in die Öffentlichkeit hineinragte, von ihr gefordert durch mancherlei Erwartungen und Zumutungen an das nicht auf die Vermittlung seiner *Venia* begrenzte Amt. Und auf ihre Bedürfnisse gemäß den Kräften des eigenen Vermögens reagierend. Einst war der Titel des etablierten »Ordentlichen« Professors vermehrt um das Attribut »öffentlich«. Sein späterer Wegfall machte die Position des Lehrstuhlinhabers nicht weniger zum Gegenstand öffentlicher Tätigkeit und Aufmerksamkeit.

Diese »öffentliche Tätigkeit«, lehrend im kleinen, meist im größeren oder großen Kreise, führte in vier Jahrzehnten von Heidelberg über die FU Berlin und die Turbulenzen der Studentenrevolte in die heilsame Windstille des Badischen Landes und der Universität Karlsruhe. Hier ereignete sich auch die nach Bayreuth weisende späte, aber umso nachhaltigere Begegnung mit dem größten Mittler des Mittelalters Richard Wagner und seinem Werk. Von hier aus luden Gastprofessuren ein in die USA, nach Neuseeland, nach Kopenhagen und London. Und der Vizepräsident des DAAD und des Goethe-Instituts hatte die Chance, auf mannigfachen Wegen in Orient und Okzident Universitäten und Kulturinstitute beratend und lehrend zu visitieren. Der Mediävist lernte im Kreis der Gruppe 47 um Hans Werner Richter die Literatur der Zeit und ihre Autoren kennen (und einige von ihnen in Freundschaft schätzen). Schließlich aber fand er wieder zurück in seine Schicksalsstadt Berlin, die mauerumgürtete, um sich der letzten großen Herausforderung seines akademisch-kulturellen Lebens zu stellen: dem Amte des Gründungsrektors des Wissenschaftskollegs zu Berlin.

Immer gegenwärtig aber war die zu lebende Aporie, die das Wesentliche so früh erfährt, dass man es noch nicht begreift. Oder so spät, dass man das Begriffene nicht mehr zu ergreifen vermag.

Lebenskunst ist keine heitere Materie. Aber sie zu üben soll seinen Sinn in sich tragen. Weil im Üben das Gelingen schon beschlossen ist.

Ein nach-tragendes Wort noch zu meinem Heidegger-Kapitel im ersten Band (S. 147ff.). Meine Schilderung des Mannes und seiner Wirkung gibt meinen damaligen Kenntnisstand wieder. Der kein Erkenntnis-Stand war. Sehr viel später erst und Schritt für Schritt nur habe ich von seinen üblen Verstrickungen in die Niederungen des NS-Staates erfahren. Sein erbärmliches Verhalten, das »sein Denken« als Rechtfertigung für jegliches Versagen kostümierte, das politische wie das private. Er, den manche für den größten Geist seiner Zeit hielten und feierten, – und der doch wie der, nein als der letzte Kleinbürger seine passageren Liebschaften stammelnd zu rechtfertigen versuchte. Der Mensch ist ein fehlbares Wesen, wer wüsste das besser als der Philosoph. Hier aber ist ein schreckenmachendes Muster geliefert für die Inkongruenz von intellektueller und moralischer Substanz. Mein Besuch 1944 in seinem Hause war ein Irrtum, den ich damals so unsicher wie enttäuscht zu begreifen versuchte. In einer fratzenhaft von falschen Götzen besetzten Welt vertrauten wir einem, der anders schien, – und doch auch einer war. Und ihnen ähnlicher, als der Schein vorgab. Ich hätte Gadamer dringlich fragen müssen, damals, anfangs der sechziger Jahre, – nun ist es zu spät. Er war doch ein Wissender …

Wann wird man je verstehn?

Der Dank des Autors gilt wie im ersten Band vor allem der Verlegerin des Berlin Verlags Dr. Elisabeth Ruge und ihrem Vertrauen auf den Autor. Sowie ihren Mitarbeitern. Christine v. Arnim hat dem Manuskript den Anschein des technisch Vollendeten gegeben und auf diese Weise auch das Wissenschaftskolleg zu meinem Helfer gemacht. Dr. Matthias Weichelt hat in Zu- und Widerspruch sich der nicht immer dankbaren Aufgabe des Lektorierens so hilfreich wie kompetent angenommen.

Der dem ersten Band mitgegebene Widmungstext gilt gleichen Sinnes auch für den zweiten.

Berlin, im Frühjahr 2006
P. W.

Professor in Heidelberg (1959–1966)

Der Lehrstuhl der Alten Germanistik an der Universität Heidelberg war seit zwei Jahren vakant. Berufungsverhandlungen mit mehreren möglichen Nachfolgern waren schließlich gescheitert. Nun aber, im Sommer 1959, war ich berufbar, – denn ein wohl erwogener – wenn auch ungeschriebener – Gesetzesbrauch verhinderte an der deutschen Universität den »Aufstieg am Ort«. Der nur autorisiert war, wenn ein »gleichwertiger Ruf« einer auswärtigen Universität vorlag.

Das war nun zweifellos der Fall in meinem Fall. Und so danke ich, ohne den Zusammenhang geahnt und ohne kalkuliert zu haben, Harvard die Heidelberger Professur. Die für mein Gefühl und Empfinden in der Erinnerung »schönste« Phase meiner Professorenbahn.

Der Neue war kein Neuling. Die Berufung musste keine peinlichen Widerstände überwinden, die Fakultät war mir insgesamt wohl gesonnen. Wir waren einander nicht fremd.

Der alte germanistische Lehrstuhl war in Richard Kienasts Hände übergegangen aus denen Friedrich

Panzers, eines weithin geehrten und prominenten Vertreters seines Faches, renommiert durch die Fülle seiner Publikationen. Ich habe den alten Herrn (der von seinem Nachfolger Kienast konsequent mit »Herr Geheimrat« angeredet wurde und die Adressierung offenbar als Selbstverständlichkeit empfand und gerne hinnahm), als er schon Ende seiner Achtziger war, gelegentlich in seinem Haus am Neckar besucht und ihn beneidet, da er von seiner nicht minder betagten Ehefrau immer noch voller Bewunderung um seines Fleißes willen gelobt wurde. Sein Fleiß in Ehren, – er hat ihn nicht immer in Ehre umgesetzt, sondern er versagte infolge einer gewissen Anfälligkeit dem braunen Regime gegenüber.

Sein Nachfolger Kienast, 1936 berufen, war, ich deutete es im ersten Band meiner Erinnerungen schon an, ein guter Kenner der germanistischen Bibliografie, ohne dieselbe wesentlich bereichert zu haben. Wobei sich diese Kennerschaft überdies etwa mit dem Jahre 1930 erschöpfte, ich weiß mich zu erinnern, dass er im Kolleg noch Publikationen als »neuere Arbeiten« empfahl, die schon drei Jahrzehnte oder mehr auf ihrem Buchrücken trugen.

Auf den Neuberufenen wartete viel Verantwortung und Arbeit. Die Zahl der Germanistik-Studierenden betrug etwa sechshundert, und sie alle waren, Neigung hin und Begabung her, gemäß der damaligen Studien- und Prüfungsordnung gehalten, nicht nur die vor allem angestrebte Neuere Literaturwissenschaft, sondern eben auch die Alte Germanistik zu studieren. Und Gotisch zu lernen und Althochdeutsch und Mittelhochdeutsch, und sich wohl oder übel zu bemühen um die alten Denkmäler und ihre Form.

Mein Verantwortungsbereich wurde nur unwesentlich eingeschränkt und also erleichtert durch weitere Lehrer des alten Faches: Mein Freund Joachim Bumke, sieben Jahre jünger als ich und der beste Altgermanist seiner Generation, war sehr bald nach seiner Habilitation in die USA berufen worden. Es lehrten derzeit außer mir der gleichfalls bereits erwähnte Erforscher der mittelalterlichen Fachprosa und ihrer Gegenstände Gerhard Eis; und der Dozent Bert Nagel, ein allem Musischen lebhaft zugetaner ehemaliger Studienrat, den Kienast mit Blick auf eine mögliche Verstärkung seines Sympathiekontingents habilitiert hatte und der Experte war auf dem Felde der Meistersang-Forschung. Dazu die tüchtige Lehrbeauftragte Elfriede Stutz, vor langen Jahren – im Kriege – Kienasts Assistentin.

Die großen Studentenzahlen, meist als »Masse« diskreditiert, besorgten mich nicht, ich war relativ jung (36) und voller freudegespeister Energien. Und natürlich ist es jedem Professor eine angenehme Genugtuung und vielleicht mehr, wenn er von seinem Katheder aus auf Hunderte ihm zugeneigte oder jedenfalls (meist) zuhörende junge Menschen blickt, die ihrerseits kritisch, neu- und wissbegierig zu ihm aufblicken.

Die Sprechstunden zogen sich, was Wunder, erbarmungswürdig in die Länge und konnten von morgens bis abends dauern. Nicht gnädiger dehnte sich die Kette der Examina. So war ich glücklich, als es mir nach zwei Jahren gelang, das Ministerium in Stuttgart von der Notwendigkeit der Einrichtung eines weiteren altgermanistischen Lehrstuhls zu überzeugen (es waren reiche Zeiten damals). Der Minister berief gemäß dem Vorschlag der Fakultät den Marburger Dozenten Peter von Polenz, der sich hervorragend auszeichnete auf einem Felde, das durch mich nur unzulänglich versehen war: auf dem der germanisch-deutschen Sprachgeschichte.

Um in gebotener Schlichtheit eine elementare Feststellung zu treffen: Ein Ordentlicher Professor ist verloren ohne verlässliche Assistenten. Er bedarf ihrer vor allem in einem »Massen«-Fach, damit sie den Studenten beratend zur Seite stehen, den Anfängern zumal. Damit sie in Proseminaren und Übungen den Acker bereiten, der dann die bescheidenen oder üppigen Früchte beginnender wissenschaftlicher Erkenntnis tragen soll. Damit sie die Referate des Oberseminars, an dem auch sie selbst teilnehmen, der ersten Begutachtung unterziehen. Damit sie die Texte auswählen für die Klausuren und korrigierend als Vor-Gutachter nützlich werden, – nicht anders als bei der ersten Lektüre einer Staatsexamens-Arbeit oder auch der von Zwischen- und Vorstufen einer Dissertation.

Es mag sich bei dieser Form der professionellen Kooperation auch eine mählich wachsende persönliche Beziehung ergeben, die gedeihen kann zu einer dem Vater-Sohn-Verhältnis ähnlichen Freundschaft. Dass eine solche Gemeinschaft so viel Gewinn schenken kann, wie sie anderseits auch, zufolge der Relativierung oder gar Aufhebung der durch das Dienstverhältnis und die Altersstufung gebotenen Grenzen, gefährdend sein kann, wird jedem einleuchten, der vertraut ist mit den Lineaturen des von dienstlichen Obliegenheiten und persönlicher Sympathie durchzogenen Geländes des menschlichen Miteinanders.

Um auch dies in der gebotenen Simplizität zu sagen: Es gehört zu den großen Gewogenheiten meines Lebens, dass und wie ich mit der Wahl meiner Assistenten Glück hatte. »Glück«, – einfacher kann es nicht gesagt sein. Und solches Glück stellt sich auch nicht einfach ein. Wo aber die Partnerschaft schwieriger zu werden ansetzte, sind wir mit Komplikationen jeweils in Anstand fertig geworden. Die Gesetzmäßigkeit der Vater-Sohn-Konflikt-Materie war diesen Beziehungen zwar ständig immanent, aber hier hilft der Intelligenz eben auch die Bildung, und beide in schönem Verein bewältigen, was zu bewältigen Größeren ein dunkles Geschick nicht gewährte: Ödipus und Hildebrand-Hadubrand, sie durften mit getrosten Sinnen auf unsere menschlichen Zustände in den Germanistischen Instituten zu Heidelberg, dann Berlin, dann Karlsruhe und wieder Berlin blicken, und ich muss mich hier in Dankbarkeit bescheiden und verzichten auf die Beschreibung von der Beschreibung durchaus würdigen Lebensläufen und Karrieren. So begnüge ich mich mit der Nennung der Namen, die als solche auch Teile meiner persönlichen Geschichte geworden sind und bleiben: Helmut Brackert und Dieter Kartschoke und Thomas Cramer und Erika Schmiedbauer, erst in Heidelberg, dann an der FU in Berlin; und zu ihnen stießen Bernd Thum und Rüdiger Krohn und Horst Wenzel und Edith Hermann und Jutta Stehling in den neun Karlsruher Jahren; schließlich – wieder in Berlin, diesmal an der TU –: Karina Kellermann. Sie alle haben mich in wesentlichen Stationen meines Berufs-Lebens, also Lebens, begleitet. Sieben von ihnen durfte ich mit der Habilitation nützlich sein, – und sie haben ihren Weg und ihre Karriere gemacht. Um dieses Kapitel, das ja sanft gestreift wird vom Flügel des Privaten, mit einer vertraulichen Information zu schließen: Erika Schmiedbauer heißt, seit Jahren schon, Erika Kartschoke, und Edith Hermann, auch lange schon, Edith Wenzel. (Ein Übriges sagt der Widmungstext meines Bandes *Waz ist Minne*, 1975.)

Heidelberg, die Fakultät der alten Universität: Mein Gedächtnis rekonstruiert sie in Teilen, nach vier Jahrzehnten. Ich komme auf etwa dreißig Namen. Und zu dem Urteil: Sie waren eine noble, wenn auch frauenlose Gesellschaft. Ein Club von – ich sag's mit Bedacht – Herren. Ungleich im Einzelnen, und nicht auf jeden mochte ungeteilt diese ehrenvolle Charakterisierung zutreffen nach Auftreten und Habitus; – aber es war doch so, dass man nicht etwa mit Zögern oder gar Widerwillen die Fakultätssitzungen besuchte, sondern sie nicht selten verließ mit dem Gefühl, einiges gelernt zu haben auf dem Felde der Universitätspolitik wie auf dem der urbanen gesellschaftlichen Kommunikation und Konvention.

Schwer begreiflich, dass man in jenen Jahren offenbar nie eine Frau als würdiges Glied dieser Runde hinzuzuwählen für angemessen gehalten hat, – es war nicht anders, hier waren und blieben Männer unter sich. Ohne dass man doch vermuten musste, sie hätten sich mit derart einseitiger Auswahl dem misogynen britischen Clubideal verpflichtet gefühlt.

Die hierarchische Struktur der Ordinarien-Universität spiegelte sich als organische Grundform naturgemäß auch innerhalb der Fakultät, ohne dass sie hier institutionalisiert gewesen wäre. Aber die Verhaltensforschung hat uns gelehrt, wie es vor sich geht in Gruppe und Gemeinschaft, und uns mit dem Alpha-Tier vertraut gemacht und denen, die in der A-B-C-Rangordnung offenbar organisch gestuft folgen.

Wobei nach meiner Erfahrung die alte Fakultät doch wesentlich eine Communitas von Gleichen versammelte, – die dann einigen Wenigen die Würde der Initialen des griechischen Alphabets vermachte. Da man ihnen nicht etwa ausgeliefert war, ließ man sie gerne gewähren, zumal sie einem Arbeit und Verantwortung abnahmen.

Ich lasse vor meinem Gedächtnis rekonstruierend die damaligen Lehrstuhlinhaber Revue passieren. Da, wo ich mich mit der Nennung lediglich des Namens begnüge, erklärt sich die Zurückhaltung eher aus mangelnder Kenntnis von Person und Fach als aus der Vermutung mangelnder Gewichtigkeit.

Da waren die beiden großen Repräsentanten der Nährmutter Philosophie: Gadamer und Löwith. Einander in wechselseitiger Achtung zugetan. Gadamer, der Bildungsbürger als Weltmann, mit sanft wirkender Hand die Dinge entschieden zurechtrückend, bis sie dem Schönheits- und Ordnungssinn seines Denkens gemäß waren. Und ungeachtet der frühen körperlichen Behinderung auch auf dem Tennisplatz ein Meister, der durch Taktik ersetzte, was ihm an Bewegungskraft fehlen mochte. Seine Autorität machte sich im Kreise der Fakultät auf so serene wie wirkungsvolle Weise geltend. Dank seinen Leipziger Professor-Jahren war er uns allen an Erfahrungen mit Struktur, Verwaltung und Leitung innerhalb der universitären Materie deutlich überlegen. Das erkannte man widerspruchslos an – etwa im Verfolg eines Verfahrens, wie es eine Abstimmung vorbereitete: Der Dekan blickte zweifelnd in die Runde, ein Ja oder Nein erhoffend oder herausfordernd, – da sah man dann Gadamer zu der Sache in selbstverlorener Bedenklichkeit den noblen weisheitsgeprägten Kopf leise nicken, – oder ihn sanft zur Seite ins Nein neigend: Damit war dem Dekan die Freiheit gegeben, der Fakultät ein wünschenswertes Abstimmungsergebnis vorzuschlagen …

Löwith, auch seine Züge von der Strenge des gelehrten Denkens gezeichnet, so leise wie zurückhaltend sprechend – die Erfahrungen der amerikanischen und japanischen Jahre hatten ihn davor bewahrt, professoral zu wirken. Er und seine Frau Ada waren die liberalsten Gastgeber, sie versammelten um ihren Tisch Junge und Alte und taten es, ohne auf Anciennität und Würden der Eingeladenen zu achten. (Es war nur etwas unbefriedigend, mit ihnen über ein Film-Erlebnis zu sprechen, denn sie lobten ohne Einschränkung, – eine Fixierung, deren Ursache Dieter Henrich mir eines Tages anvertraute: Löwiths gingen überhaupt nur zweimal im Jahr ins Kino, – und fanden dann konsequent alles Gebotene preisenswert ...)

Da waren die Klassischen Philologen Dirlmeier und Pöschl, dieser die österreichische Variante seines bayerischen Kollegen in liebenswürdiger Bonhomie. Der Anglist Flasdieck, der härenen Sprachwissenschaft in Kargheit eher verpflichtet als dem musischen Part der britischen Literatur. Dolf Sternberger, bildungsmächtig als Politologe und Soziologe wirkend, sich der Mannigfaltigkeit der andrängenden Themen und Problemfälle im breiten Datterich-Idiom gern und wortreich annehmend, – und es ungern wieder abgebend. Der Kunsthistoriker Paatz, jahrelang in der Erhabenheit der Säulen von Florenz' Kirchen zu Hause und in Heidelberg als Dekan seine imposante Figur unbekümmert in Shorts vorführend. Der brillante Romanist Erich Köhler, als Mediävist auch der Germanistik ihre Themen ideenreich zuspielend, – er wurde bald auf Hugo Friedrichs Lehrstuhl in Freiburg berufen und starb so jung wie unvermutet. Auf sprachwissenschaftlich orientierten Lehrstühlen neben Köhler wirkten Harri Meier und der Eidgenosse Baldinger; die Musikwissenschaft vertrat hochrenommiert Thrasybulos Georgiades als Repräsentant des »Griechischen Rhythmus«; von kritischem Temperament und leicht erregbar der Archäologe Hampe, dem wir eine schöne Homer-Übersetzung verdanken. Von den Historikern war für mich neben Werner Conze und Ahasver von Brandt herausragend der Mediävist Fritz Ernst, der die schwäbische Honoratiorensprache und -Haltung bändigte durch seine strenge Ichbezogenheit, die diesen auch politisch hochmoralischen Mann früh einsam machte und am Schreiben hinderte. Eines Tages lud er mich unvermutet zum Essen ein, nur mich, und fand beim Abschied den Weg zu spröden Worten gehemmter Privatheit, die ich erst im Hernach aufschlüsseln konnte. Dieses »Hernach« war wenige Tage später schon, als er sich das Leben genommen hatte. – Von Trauer gerahmt auch die Erinnerung an den Althistoriker Hans Schäfer: Er kam um bei einem Flugzeugunfall, der ihn mit den Teilnehmern seines Seminars bei einer Exkursion nach Griechenland aus dem Leben riss. – Friedrich Sengle vertrat neben Arthur Henkel die Neuere deutsche Literatur. Auch er reich und schwer an Gelehrsamkeit, und auch er charakterisiert durch die Eigentümlichkeit des sich von aller Welt durch seine Stammeszugehörigkeit in Sprache und Haltung dezidiert unterscheidenden Schwaben.

So viel zu den Kollegen, zu einigen von ihnen. Drei aber nenne ich im Stile eines Sondervotums und tue es im Gefühl dankbarer und lebenslanger Verbundenheit, ihnen gesellt im praxisfernen Geiste wie der praktischen Vernunft der Freundschaft: Rudolf Sühnel, souverän heimisch in den Bergen und Wäldern, Gärten und Meeresbuchten des klassischen Hellas, – und diese organisch geprägte Form der ihm anvertrauten Materie weitergebend in der Vermittlung der Literatur Britanniens. Die Anglisten, seine Studenten wie Assistenten, bewunderten ihn nicht nur, sondern liebten ihn. Und taten es mit Recht, denn der Geist hatte sich in ihm materialisiert zu einer so liebenswürdigen wie erzählfreudigen Person, deren Geschichten – der Grenze zwischen Wirklichkeit und Erfindung, zwischen der Nüchternheit des Tatsächlichen und der Wahrheit des Erfundenen nicht achtend – ein eigenes literarisches Genre wurden, eben: Sühnel-Geschichten. Von Grauen der russischen Gefangenschaft erzählte er nie. Aber ihm – nur ihm! – konnte es gelingen, gelegentlich in bizarren Bildausschnitten der fürchterlichen Materie noch jene Funken des Komischen zu entschlagen, das – wie die Ästhetik weiß – des Schrecklichen Begleitung und selbst dem Todesraum noch eingegeben ist.

Unvergessen die Einladung zum Abendessen in seine Wohnung. Wir waren nur zu zweit, und ich versuchte mich in hilfreichen Handhabungen nützlich zu machen bei der Bereitung des Mahles. Dessen einzelnen Komponenten er die sorgfältigste Aufmerksamkeit zuwandte: Dem gerätverlangenden Öffnen der Konservendosen, dem Abmessen der Quantitäten, der zarten Dosierung des Würzens, der minutengenauen Bemessung der Kochzeit. Abseits stand, bereits präpariert, die als Dessert gedachte Schüssel mit Birnenkompott. Die liebevolle Sorgfalt, die der Gastgeber der absichernden Lektüre der Rezepte zuwandte wie der Auswahl von Topf und Pfanne und Tellern und Besteck, forderte ihre Zeit, allmählich krampfte sich der Magen des Gastes vor Begehr, es ging nahezu auf Mitternacht, als wir uns zu Tische setzten, – und ich in vorauseilender Dankbarkeit schon pries, was erst genossen werden sollte. In sanft verschämtem Stolz gab er Bescheid: »Ja, es handelt sich auch um mein Parade-Essen.« Dem stimmte ich gläubig zu – eigentümlich bewegt durch die sich anschließende Bemerkung: »Und: Es geht schnell ...!« (Das zum Dessert gedachte Kompott fiel der Vergessenheit anheim.)

Wir werden, hoffen seine Freunde aufs Innigste, Gelegenheit haben, ihn beim Festessen zu feiern: aus Anlass seines 100. Geburtstags am 10. März 2007. *Lebende Antike*, so der Titel der ihm 1967 gewidmeten großen Festschrift. Nun erfahren wir mit ihm, was das andere vermag: »Lebendes Alter«.

Schließlich sei gebucht, was als staunenswertes Faktum eigenwilliger Menschlichkeit in den Akten der (nicht nur Heidelberger) Universitätsgeschichte vermutlich eine einzigartige Position einnimmt. Als ich mich entschloss, zum Wintersemester des Jahres

1966 den Ruf an die FU zu Berlin anzunehmen, präsidierte Sühnel als Dekan der Fakultät. Er schrieb mir den in solchen Fällen üblichen Brief mit der gehörigen Bekundung des aufrichtigen Bedauerns über den Fortgang des geschätzten Kollegen, versehen mit den besten Wünschen für ein gedeihliches Wirken am neuen Ort ... Unterschrift: Dekan. Dem maschinengeschriebenen Text aber schmiegten sich einige handschriftliche Zeilen in Sühnels klarem Duktus an. Sie lauteten: »Denn was bin ich/ Ohne dich ohne dich:/ Eine einsame Schwalbe im Mai ...«

Uvo Hölscher, der Gräzist. Ein Mann von luzider Geistigkeit und sanftem, behutsamem Wesen. Mitsamt seiner Familie einer akademisch getönten Persönlichkeitskultur verpflichtet, die nichts Forciertes an sich hatte, aber ihre fernere Herkunft aus dem Weltkreis um Stefan George nicht verleugnete. Er hat uns neben vielen anderen Titeln ein Buch über die *Odyssee* geschenkt, beim Lesen schimmert Schillers Vers wieder auf: »Und die Sonne Homers, / Siehe, sie leuchtet auch uns ...« Lange Abende über (reichem) Brot und Wein mit ihm und seiner Frau Do(rothea), die unter ihrem Mädchennamen Lohmeier dank ihren fundamentalen *Faust*-Studien in die Geschichte der Goethe-Forschung höchst ehrenvoll eingegangen ist. Ein Genie der Freundschaft, er wie sie, und seinem zu frühen Tod zum Trotz (am letzten Tag des Jahres 1996) bleibt er gegenwärtig.

Schließlich der Dritte der Freunde in der Heidelberger Fakultät: Arthur Henkel. Er war aus Göttingen nach Heidelberg berufen und gerufen worden. Durch seine äußere Erscheinung schon sich sichtbar auszeichnend von aller Üblichkeit. Das üppige weiße Haar kühn aufgewölbt, die Gestalt rank und gertenschlank, der Gang von schwingender Leichtigkeit, die ganze Figur eine Verlängerung wenn nicht eines Floretts so doch des Tennisschlägers, den er athletisch handhabte. Man hörte es seiner Statur gewissermaßen an, dass er Klavier spielte und Musik studiert hatte, es war viel Mozartisches in ihm. Aber das musische Element wurde ausgeglichen durch die strenge Schule des Philosophischen, die ihn auch zum Editor von Johann Georg Hamann gemacht hat, dessen Briefwechsel ihm lebenslanges philologisch-kommentierendes Bemühen abnötigte. Lebenslang aber war ihm auch Goethe zur Seite, oder er Goethen, – seit seiner Habilitationsschrift *Entsagung*, die er als junger Gelehrter verfasst hatte über »Goethes Altersroman« (1954). Mit dem klugen, ihn bezeichnenden Motto aus dem *Somn.thesaur.*: »On ne sait parler que sur des nuances.«

Der Abstand des biologischen Alters (er war mir sieben Jahre voraus) und die Differenz der Anciennität (ich war noch Privatdozent, als ihn Heidelberg auf die Professur berief) standen the beginning of a wonderful friendship (und ihrem Fortwachsen) nicht im Wege. Wir haben wahrlich auch über anderes gesprochen als über »Nuancen« in den zehn Jahren unserer tätigen, will sagen lokalen Gemeinsamkeit. Über Seminar- und Fakultätsprobleme, natürlich, und über Fachliches (denn Henkel hatte eine starke Affinität zu den Gegenständen der Altgermanistik). Die Fakultätskollegen begegneten ihm mit der aufrichtigen Sympathie achtungsvollen Respekts, – unnötig zu sagen, dass er vor ihnen auch das Wort geführt hatte 1959 in Sachen der Berufung meiner Person. Unzählbar die Abende zu zweit und zu viert, gelockert oder gefestigt von Badischem und von Pfälzischem Wein, und unzählbar die Gläser (oder die Flaschen). Oft auch die Kinder dabei, drei Knaben und Tochter Janne, eine sehr begabte und später hochrenommierte Flötistin, – nicht anders als ihr dem Cello hingegebener Bruder Christoph. Die beiden anderen Jungen eher dem rationalen Erbteil der Eltern verpflichtet. So wurden die Henkels für mich – und nicht nur, aber vor allem für mich – zu einem Inbild der Familie, »heil« nicht im Sinne einer Unversehrbarkeit, aber einer in sich ruhenden, ihrer selbst gewissen Moralität. Als ich dann keine Familie mehr war, sondern ein Einzelgänger, verging kein Sonntag, an dem ich nicht als Gast mitspeiste an ihrem Tisch; verging kein Tag der Weihnachtszeit, an dem ich nicht mit ihnen die alten Lieder sang; verging kein Abend, an dem wir nicht mit den Kindern die Spielkarten herausholten zum (gezügelten) Poker. Ich erlebte mit ihnen die schwere Leichtigkeit des Seins, und es bleibt unbegreifbar, dass Elisabeth eines Tages nicht mehr da war. Ohne jede Vorwarnung, inmitten hausfraulicher Tätigkeit, raffte ein Schlag sie dahin, – und ließ Mann und Kinder allein. Das war 1982. *An einen*

Gegenwärtigen erinnernd, so der Titel eines Vortrags von Henkel. Hier war Goethe gemeint. Aber den Freund Arthur Henkel betreffend, denke ich mir dazu eine weitere Gegenwärtigkeit. Am 13. März 2005 beging er seinen 90. Geburtstag. Am 4. Oktober 2005 ist er gestorben.

Von noch einem Lebensfreund – obschon bereits erwähnt – ist (viertens) zu reden. Germanist auch er, und was für einer, aber was uns verband, geht weiter über eine kollegiale Beziehung hinaus, von allem Anfang an. Ich rede von Joachim Bumke, heute emeritierter Ordinarius der Alten Germanistik an der Universität Köln. Dass ich ihn nicht nenne als Mitglied der Heidelberger Fakultät, hat seinen Grund darin, dass er ihr nicht angehörte. Sondern unmittelbar nach seiner Habilitation einen Ruf annahm als Assistant Professor an die hochgerühmte Johns Hopkins University in Baltimore, Maryland.

Es begann nicht im Geiste einer uns spontan zusammenführenden Sympathie. Immerhin trennen uns fast sieben Jahre, – und ihnen gemäß trennten uns die unterschiedlichen Lebensstufen anlässlich der ersten Begegnung. Ich hatte soeben meinen Dienst als Assistent im Heidelberger »Germanischen Seminar« angetreten (eine Institutsbezeichnung, die mir immer zuwider war, und wo ich später zu bestimmen hatte, hieß es »Germanistisch« und »Institut«). Unter Kienasts regelmäßigen Hörern fiel ein junger Mann auf, ein Jüngling eher. Fiel auf durch seinen exzentrisch-eleganten Habitus, denn so jung er war, nämlich achtzehn (und jünger noch sah er aus), kleidete er sich doch wie ein Herr, als Herr. Das heißt, er trug auf dem Kopf, ich sage besser: Haupt, einen so genannten Homburg, Attribut des arrivierten seriösen Gentleman. Dazu den eingerollten Regenschirm. Zwar war damals – 1949 – die Mode der Studenten noch nicht außer Rand und Band wie Ende des Jahrhunderts, aber von markanter, deutlich kontrastierender Eigenwilligkeit war dieses Exterieur denn doch. Dass er der Begabteste war unter all seinen Genossen, welchen Semesters sie auch sein mochten, galt als ausgemacht. Und er wurde dieser Auszeichnung auch gerecht auf seine Weise: indem er mich, den neuen Assistenten, sehr bald auf die Probe stellte. Mich anredend während eines Ganges durch die Institutsräume und mir eine intrikate fachgermanistische Frage stellte nach einem entlegenen frühmittelalterlichen Denkmal und dessen sinistren Autor. Scheinheilig-listig, als erhoffe er eine Belehrung. Deren er nicht bedurfte, vielmehr hatte ich einige Mühe, mich unsicheren Urteils aus der Falle herauszuwinden. Auch in der Sitzung des Proseminars schonte er mich nicht und rüttelte an den durchaus noch nicht gefestigten Festen meiner juvenilen Autorität. Aber es kam dann, auf welche Weise auch immer, sehr bald zu einer menschlichen, schließlich Freundes-Nähe. Nach einem Semester in Hamburg bei Pretzel kehrte er zurück und konnte, da ich mich zur Übernahme des Leiteramtes im Collegium Academicum entschlossen hatte, mein Nachfolger als Kienasts Assistent werden. Der auf ihn und seine Hilfe wahrlich stolz zu sein Grund hatte.

Seine glänzende Habilitationsschrift über Wolframs von Eschenbach *Willehalm* lag der Fakultät im Jahre 1957 vor, und es hätte alles seinen rechten Gang gehen können, wäre da nicht die giftige und völlig unbegründete Feindschaft des Fach- und Sachprosaforschers Gerhard Eis wider seinen Förderer Richard Kienast gewesen, – davon habe ich (im ersten Bande S. 223) berichtet. Und um Kienast zu treffen, zielte Eis auf Bumke. Er traf zwar mit seinem Sondervotum vorbei, – aber dennoch vermochte er, das Habilitationsverfahren aufzuhalten und mancherlei atmosphärische Störungen in die akademische Luft zu schicken. Mit Hilfe der Urteilsfähigen, vor allem Arthur Henkels (ich selber war ja als Privatdozent nicht stimmberechtigt in der Sache), gelang dann doch, was als Gelingen nie hätte in Frage gestellt werden sollen. Aber zu den dominanten Wesenszügen in Bumkes Charakter zählt neben der sprödesten Bescheidenheit ein eminent sensibel reagierendes Ehrgefühl. Der Heidelberger Boden war für ihn danach nicht mehr rein, er strebte fort, – und akzeptierte das amerikanische Angebot. Nur ein Semester Lehre als Privatdozent in Heidelberg, dann nahm er 1958 mit seiner Frau Sylvia und mit den beiden Kindern Abschied. So gebot es ihm sein Stolz. Und sein Mut und sein Selbstvertrauen wurden belohnt, nach wenigen Jahren schon. Denn Harvard sprang noch einmal über seinen Schatten, nachdem die ruhmgekrönte

Institution schon mit meiner Berufung ungewöhnlichen Mut zum Außergewöhnlichen bewiesen hatte. Jetzt wagte man noch einmal das Spiel mit einer (weitgehend) unbekannten Größe, – und gewann. Bumke wurde berufen und wurde zu einer Zierde der dortigen Germanistik. Bis ihn 1966 die FU wieder in seine Heimatstadt Berlin holte.

Mit keinem Germanisten meines engeren Faches habe ich einen derart übereinstimmenden Dialog führen können wie mit Bumke. Mit keinem einen Zusammenhalt gefunden in unserem begrenzten Bereich wie mit ihm. Solang es irgend ging, wurde, was immer wir publizierten, vor der Drucklegung dem anderen vorgelegt zur Prüfung. Der Zweifel am »Prinzip Germanistik« wurde das Grundgebäude unseres wissenschaftlichen Zusammenhaltes, aber weit über die Profession hinaus hat unsere Freundschaft sich begründet und jegliche örtliche und zeitliche Trennung unbeschadet überstanden.

In gewissem Sinne war er immer älter als ich, das heißt mir in der Schärfe des Urteils und der Vernunft des Arguments überlegen. Der ich eher dazu neigte, den Reizen des Musischen und der Harmonie der schönen Form meine Sympathie und damit der Materie des Ästhetisch-Spielerischen eine gewisse Prädominanz zuzuerkennen.

Wir hatten uns oft die Architektur eines Traumgebildes erdacht: Auf zwei parallelen Lehrstühlen der gleichen Universität miteinander und nebeneinander unser Fach zu vertreten im Symphilologein, der Wissenschaft zum Nutzen, den Studenten zur Freude, – und uns zur steten Ermutigung im steten Gewinn.

Es kam tatsächlich dazu, so unwahrscheinlich die Verwirklichung war. Das war im Herbst des Jahres 1966 in Berlin an der FU, – und was wir an kühnen Plänen und hoffnungsfrohen Projekten zukunftsvertrauend entworfen hatten, fiel schmachvoll zusammen unter dem Ansturm der studentischen Rebellion. Als dann das Jahr 1970 begann, waren wir allesamt nicht mehr in Berlin, Eberhard Lämmert nicht, Bumke nicht, andere – und auch ich – nicht. Davon wird zu berichten sein.

Die Universität ist eine Welt. Aber sie ist nicht DIE Welt. Heidelberg, nicht erst seit romantischen Zeiten dem Kult der Freundschaft und des musisch-geselligen Menschentreibens hingegeben, pflegte lebhaft das gesellige Miteinander und gefiel sich im wohlerzogenen oder auch lässigen Austausch von Gespräch und Konversation. Das privat-intime Gegenbild zur geweihten Erhabenheit des Marianne-Weber-Kreises, zu dem ich schon als Assistent der Altgermanistik ehrenvollen Zugang fand und den ich im ersten Band meiner Erinnerungen geschildert habe, war ein Zirkel, den eine noch nicht alte, aber ältere Dame um sich zog. Ihre eigentümliche und von exzentrischem Charme bewegte Persönlichkeit, ihr furioses Temperament machte sie zu einer einzigartigen Erscheinung in der Heidelberger Gesellschaft, – so wie sie es schon in Berlin gewesen war. Im Berlin der Jahre vor dem Krieg. Die Rede ist von Corina

Sombart, zweite Ehefrau des berühmten Nationalökonomen Werner Sombart. In ihrer kultivierten Exotik war sie Balkan in dessen subtilster Ausprägung, das meint: eigenwillig bis zur Monomanie, sich jeder Kategorisierung entziehend und nur der eigenen Kategorie zugehörig, von flackernder Fantasie und orientalischer Erzähllust. Mit imperativer Gebärde jegliche gesellschaftliche Situation beherrschend und überzeugend auch da, wo sie souverän irrte.

Die Rumänin entstammte einer Familie von Generälen, Diplomaten und Gelehrten und ließ in der präzisen Schilderung dieser Herkunft keinen Zweifel aufkommen an dem Rang dieser Familie und ihrer Bedeutung. Ihre Erziehung war französisch geprägt, nicht anders als ihre Sprache. Ihr Organ war von metallener Schärfe und hatte den Weckton eines Clairons. Sie brillierte in der Perfektion jenes kunstvoll unvollkommenen Deutsch, dessen Defizite dem Sprechenden die Autorität des Reizvoll-Seltsamen verleihen, und über dem Urgrund des rumänischen Wortklangs sang die melodiöse Nasalität der französischen Diktion. An der Gültigkeit ihres Urteils, das heißt seiner Endgültigkeit, zu zweifeln kam niemandem in den Sinn. Das bezog sich auf ihre Kompetenz in der Geschichte, der Literatur und Malerei, im Besonderen aber auch auf die Produkte ihrer Küche, deren Verfertigung sie einst mit Verve und Akribie begleitet hatte, – solange Personal zur Hand ging. Und später stand sie allein am Herd und verwöhnte, wen sie zur Verwöhnung ausersehen hatte. Und hier wie auf anderen Feldern nicht bereit, einen Verstoß mit Milde zu quittieren. Unvergesslich ihr nahezu fluchartiger Ausbruch, als einer Freundin die gemäß Vorschrift angestrebten Pommes dorées degenerierten zu vulgären Bratkartoffeln: »Nie wieder werde ich einer deutschen Hausfrau ein Rezept geben ...!« Und ich empfing eines Tages, nachdem ich mich – wie auch immer – nicht so verhalten hatte, wie ihr strenger Sitten-Codex es auch für mich vorsah, einen Brief, der schloss mit den Worten: »Dies sagt Ihnen eine alte Dame, die das Leben kennt ...«

Das Leben hatte ihr unbillig zugesetzt. Eines Tages war die glänzende gesellschaftliche Szene in Berlin zusammengefallen, das Haus im großbürgerlichen Stadtteil Grunewald verloren – und damit eine Lebensform, die in der Noblesse des Gastgebens und Gast-Seins eine hohe Form gelebter Humanität verkörperte. Das alles hat Sohn Nicolaus, mein alter Kamerad aus dem Arbeitsdienst, mit Temperament und Engagement beschrieben, – richtiger: Von all diesem hat er Zeugnis abgelegt in seinem 1984 erschienenen Erinnerungsband *Jugend in Berlin*.

Dieses Berlin also gab es eines Tages nicht mehr, und mit ihm waren auch Tradition und Anspruch der großbürgerlichen Umgangs- und Lebensform verloren. Hier nun ist der Ort, das Hohe Lied der Corina Sombart, geb. Leon, fortzusingen. In ihr bewährte sich, was auch die Elite des Adels vorlebt: das klaglose Sich-Fügen in einen neuen Daseinsabschnitt, der bar war all des wunderbar Überflüssigen, des Luxuriösen und des Üppigen, der Großzügigkeit und der Largesse, wie es in diesen Kreisen einst zum Selbstverständlichen der Lebenskunst gehört hatte.

Corina hatte Zuflucht gefunden bei alten Freunden ihres Mannes (Werner Sombart starb 1941) in Heidelberg. Da lebte sie, im kleinbunten Stadtteil Neuenheim, in einer freundlichen Dreizimmerwohnung von begrenztem Umfang. Ohne Vermögen, ohne Ressourcen, nie eine Klage oder Anklage, nie ein Seufzer der Beschwernis, – und ihre karge Pension besserte sie auf mit zierlichem Pinsel, mit dem Malen von Ikonen-Bildern und deren Verkauf.

Und sie übertrug nun in den zwanghaft verkleinerten Maßstab, was einst ihr Stil gewesen war. Sie führte ein Haus, – aber nun ein kleines. Sie fand Freunde, alte und neue, die ihr gemäß waren nach Bildung und Familie. Sie lud regelmäßig ein, jeweils zum Wochenende, und wie einst im großen Entwurf, so waren nunmehr in verkleinertem Verfahren diese Einladungen zum Nachmittag strengem Programm angepasst. Ein Bäcker in der Nachbarschaft produzierte die Petits Fours und Torten nach ihren Angaben und lieferte sie exklusiv nur für sie. Sodann war die Auswahl der Gäste sorgfältig abzuwägen je nach ihrer Beziehung zu anderen Familien in dieser von internen Spannungen bewegten Professoren-Provinz. Und dass ich so oft Platz hatte an ihrem Tisch, verdanke ich wohl auch einer mütterlich auf mich umgelenkten Neigung. (Nicolaus, als Soziologe promoviert von Bergsträsser in Freiburg, zierte in diesen sechziger Jahren als Conseiller Culturel den Europarat in Straßburg.)

Man war geladen zur Tea-Time, jeweils den beschränkten Platzverhältnissen gemäß nur vier Personen. Es begann mit den kleinen feinen Kuchenstückchen und mit Früchten je nach Jahreszeit auf Mürbeteig. Ein solches mit Sahnekrawatte geschmücktes Tortenstück drohte eines Tages, die wohlgefügte und -bedachte Sittsamkeit der Gastordnung in Frage zu stellen. Eingeladen waren außer mir noch die Lyrikerin Hilde Domin und ihr Mann, der Kunsthistoriker Erwin Palm. Das Stundenbuch des Ablaufs war fixiert, der Tee- und Kuchen-Phase folgte eine kleine Pause, dann deckte Corina ab und machte sich in der Küche an die Bereitstellung des nächsten Gangs: reizvolle Canapés, so appetitlich anzusehen wie zu speisen, und dazu aus kristallener Karaffe der Südwein.

Hier nun kollidierte das Temperament der Poesie mit dem der Gastgeberhoheit. Hilde Domin sprach geläufig wie ein Silberbach und ließ sich nicht unterbrechen. Mein Versuch, mich mit ihrem Mann, der Experte war vor allem auf dem Gebiet der Bildenden Kunst Südamerikas, in überlagerndem Disput zu einigen über Prinzipien des neuesten Kunstgeschmacks (damals machte Beuys Furore auch mit seiner These von der Kunstbegabung eines jeden Menschenkindes), – dieser Versuch verschlug nichts und lenkte nur augenblicksweise ab von Frau Domins fabulierender Passion und endete blamabel in der totalen Demonstration der ästhetischen Maßstablosigkeit, denn Palm rief schließlich mehr als dass er sagte, mich beschwichtigen wollend: »Ich habe ja nichts gegen moderne Kunst: *Wenn* sie gut ist …!« Tableau.

Frau Domin versuchte währenddessen, uns zu überzeugen von der Unangemessenheit des Bucheinbands, den ihr Verlag für ihren neuesten Gedichtband vorgesehen hatte, – und sie bat uns um unsere Unterschrift zur Bekräftigung des von ihr verfassten Protestbriefes. Dann monologisierte sie unbefangen weiter mit ihrer hellen Mädchenstimme, wie Alter und Dichtertum ihr zu erlauben schienen, Raum und Zeit ignorierend und des mittlerweile für den nächsten Gang freigeräumten Tischs nicht achtend. Vor ihr aber stand, unberührt und monumentengleich, ihr Kuchenteller, auf ihm in streng ausgeräderter Dreiecksform das Stück Fruchttorte. Über Corinas menschenfreundlicher Gastgebermiene zogen Schatten auf, helle erst, dann immer dunklere, bis sie schließlich selbst war wie eine einzige gewittrige Wolke, darin sich Bedrohung ballte.

Die Lyrikerin bemerkte nichts, – und ließ ihr Tortenstück unberührt. Es war deutlich, dass hier nur mannhaftes Handeln retten konnte, wollte man nicht eine Katastrophe heraufbeschwören. Und es war klar: Corina war nicht bereit, eine Störung oder Änderung des gewohnten Ablaufs ihrer Teezeremonie hinzunehmen. Der Canapé-Gang blieb unaufgerufen. Da nutzte ich eine kurze Abwesenheit der Gastgeberin, die sich in der Küche zu tun machte, nahm meine Serviette, schlug sie um das isolierte Kuchenstück, schloss mich ein im Bad, – und gurgelnd vergrub die Wasserspülung, was Frau Domin hätte laben sollen.

Corina hatte den Vorfall nicht bemerkt, notierte zurückkehrend befriedigt den endlich leeren Teller, – und schenkte uns den nächsten Gang.

Am Tag darauf brachte die Post mir den von Hilde Domin herausgegebenen Band Doppelinterpretationen (1966) mit der Widmung »Peter Wapnewski als Dank für ritterliche Dienste«. Das war nobel. Obschon wiederum nicht ganz dogmentreu. Denn es ist das Wesen der ritterlichen Tat, dass sie keinen Dank will. Und nun ist die eine wie die andere nicht mehr unter uns, Corina starb 1971, Hilde Domin im März 2006.

Noch eine weitere Episode drängt sich der Erinnerung auf, und sie verdient verzeichnet zu werden, da sie in ihrer bizarren Komik und spielerischen Exzentrizität durchaus zeittypisch – und also lang schon vergangen ist. Und von den damals Beteiligten lebt inzwischen wohl keiner mehr …

Die Toten reiten schnell. So auch Hans Egon Hass, der in den fünfziger und sechziger Jahren zu den Gebildeten unter den Vertretern des Fachs Germanistik zählte, sich verdient machend vor allem um Goethe und Gerhart Hauptmann. Er war nicht wie die anderen, nicht wie wir, sondern ein Mann von Welt, ein Nobleman. Von mittlerem Wuchs, andeutend zur Korpulenz neigend, dezent gekleidet vom besten Schneider; und wenn auch kein großes Haus führend, so doch ein anspruchsvoll größeres als seine Kollegen. Er war als Hauptmann aus dem Russlandfeldzug gekommen, hatte nach dem Krieg Jura studiert und als Anwalt eine *Praxis aurea* betrieben und dann aufgegeben, um sich professionell der Literatur und ihrer Wissenschaft zu widmen. Von Bonn war er an die Freie Universität in Berlin berufen worden, – und als Berliner Professor besuchte er freundschaftlich, es wird im Jahre 1962 gewesen sein, den Heidelberger altgermanistischen Kollegen P. W.

Der Besuch dehnte sich über drei Tage und Nächte, die es in sich hatten; und gelegentlich waren sie auch außer sich.

Von der ersten Nacht ist mir nicht mehr viel in Erinnerung. Wir speisten im Ersten Haus am Platze, dem Hotel »Europäischer Hof«, und versanken dann in der intelligentesten Jazz-Bar, sie hieß »Die Falle«. Irgendwann und irgendwie endete das in meiner Wohnung in Neuenheim, Hass bettete sich anspruchslos auf die Chaiselongue meines Arbeitszimmers.

Der Morgen war, wenngleich ein später, voller Verheißung, denn er ließ die Sonne strahlen. Wir beschlossen, unserm Freund und Kollegen Henkel und den Seinen die Freude zu machen und genossen im Familienkreis ein üppiges Déjeuner à la fourchette, – und machten uns dann nach herzlich dankendem Adieu, als kennten wir keinen anderen Weg, auf in den »Europäischen Hof«. Dessen Champagner-Bestand freudig reduzierend. Drüber wurde es Nachmittag, und wir, die beiden beharrenden Gäste, wurden eines merkwürdigen Vorgangs gewahr. Es strömten viele festlich gekleidete Damen und Herren in die Prachtsäle des Hauses, darunter auch manche glitzernde Uniform: mit deutschem, französischem, vor allem amerikanischem Zierrat. Es ergab sich ganz von selbst, dass wir uns dem Zug eingliederten, er saugte uns gewissermaßen in sich auf, auf diese Weise auch am Portal des Saales die Kontrollinstanz passierend. Zwei Offiziere nämlich, die verstört mit der Einladungsliste wedelten, aber sich jedweden Einwands enthielten, als wir die Parole ausgaben: »Professor Doktor Hass von der Freien Universität Berlin, und Kollege«. Dazu muss man wissen, dass »Freie Universität Berlin« so etwas wie eine Passepartout-Formel war zu jener Kalten-Kriegs-Zeit, ein Clairon der Freiheit – kurzum, wir hatten freie Bahn. Und tummelten uns unbefangen unter etwa zweihundert oder mehr frohgemuten Gästen, nunmehr Sekt statt Champagner, nicht ahnend, wohin wir geraten waren. Es war dies aber der erste große Empfang der Deutsch-Atlantischen Gesellschaft, Gastgeber war ein deutscher General namens Berendsen, – und der von allen mit knisternd steigernder Spannung erwartete Ehrengast war der Oberkommandierende der zur NATO gehörenden Central Army Group, ein Vier-Sterne-General namens Eddleman.

Freund Hass und ich taten uns, wiewohl ungeladen, nicht schwer inmitten der hochgestimmten

Gästeschar, von ihr in vergnügtester Laune aufgenommen, als seien wir ein Stück von ihr. Und da es uns so wohl behagte, telefonierten wir auch noch Freunde und Kollegen herbei, nämlich Arthur Henkel und den so feinsinnigen wie humorgesegneten Philosophen Kurt Rossmann (der wenig später als Nachfolger von Jaspers nach Basel berufen wurde). Und durften zur Kenntnis nehmen, dass auch diese beiden prompt sich wohl und am rechten Ort fühlten.

Dann geschah, was mir immer noch wie ein Bühneneffekt vorkommen will, wie ein magischer Schlag, wie ein Kulissentrick. Die Beleuchtung plötzlich gedämmt, und eine geraunte Formel, eine Wortfügung schwebte und schwappte wie eine Welle von einer Gruppe zur nächsten, von einem Mund und Ohr zum andern, es war wie ein Verwandlungszauber, – und irgendwann verstand, begriff auch ich, warum mit einem Atemzug die ganze festliche Schar zu einer grau und fahl gelähmten Statisterie geworden, warum ihre Bewegung gipsern erstarrt war. Die alles erklärende weltverändernde Formel lautete: »Der Professor Hass hat dem General Eddleman die Hand geküsst …!«

Der Eklat war total, das Fest war aus. Der Hoteldirektor sank vor uns in die Knie: »Ich flehe Sie an, verlassen Sie das Haus!«, er verlud uns in sein Auto und lieferte uns, sich letzter Gewissheit versichernd, in Neuenheim in meiner Wohnung ab. Nicht ohne uns schwören zu lassen, dass wir nie wieder kommen würden – niemals! (Ein Schwur, den wir schon nächsten Tages brachen, aber davon der Reihe nach.)

Hass schlief festesfroh sogleich ein auf seinem Sofa, ich in meinem Bett. Und wurde durch den mitleidlosen Klingelton des Telefons am nächsten Morgen aufgeschreckt mehr als aufgeweckt: Es war der Rektor der Universität, und er war wie die übrige Stadt offenbar in turbulentem Aufruhr. Um es kurz zu machen: Er forderte uns auf, bei dem hochdekorierten Gastgeber des gestrigen geselligen Abends zum Rapport zu erscheinen. Einen Entschuldigungsbesuch zu machen. Mit dieser Botschaft weckte ich Hass, der nahezu vom Lager fiel in amüsierter Lachkaskade. Und zu unserem guten Spiel die gute Miene machte, wir kleideten uns also korrekt und fuhren ins Hauptquartier und standen – wie einst gelernt – in aufrechter Haltung vor dem General, der sich hinter seinem Schreibtisch unser Sprüchlein anhörte und uns mit einigen bedauernden Worten jedoch nicht ohne Wohlwollen entließ: Es habe ihm so viel am Gelingen dieses festlichen Ereignisses gelegen, und immerhin habe es sich doch um eine Art Premiere gehandelt …

Wir trollten uns und wussten beim besten Willen nicht so recht, wofür wir uns eigentlich hatten entschuldigen sollen. Dass wir ungeladen, aber doch artig und in Anstand die Einlassbarriere passiert hatten, schien uns so wenig strafwürdig wie der Umstand, dass unser heiteres und gesprächiges Naturell ganz offensichtlich den Geladenen zur Freude gereicht hatte. Uns fiel sehr passend Hofmannsthal ein, aber dem General war's wohl kaum ein Trost: »... waren nicht insgeheim / Wir die Geladenen / wir auch die Wirte ...« Hass, ein Mann von Welt wahrlich, konnte sich und uns im Hernach die Ursache seiner so exzentrisch wirkenden höfischen Devotionsgebärde sehr wohl erklären: Es sei die Atmosphäre derart hochgestimmt gewesen, die Luft vibrierend, weil auratisch geladen von der Erwartung des hohen, ja erhabenen Gastes, dass, nachdem dieser eingetroffen und platziert war, der ihm zur Vorstellung präsentierte Professor aus dem freien Berlin eines nur tun konnte, was der Weihe des Augenblicks gemäß war: die Applizierung eben des kniefälligen Handkusses. Ein zeremoniöser Akt, dessen Exzentrizität die ganze Szene mit einem Schlag verwandelte. Es duldet kaum Zweifel, dass man den gleichen Vorgang heute, vierzig Jahre später, als eine Art Happening empfinden und »cool« belachen, jedenfalls bagatellisieren würde. Und erklärbar ist das Entsetzen, das die unkonventionelle, aber doch gewiss nicht obszöne Geste auslöste, wohl nur durch eine damals vor allem in den USA, vor allem wohl in der Armee, aber andeutungsweise auch noch in der deutschen Gesellschaft grassierende panikartige Scheu vor angedeuteter Homoerotik. Von der nun kaum jemand leichter freizusprechen war als unser vital weibliches Leben und Liebe genießender Kollege Hans Egon Hass. »Schwul ist cool«, so tönt es 2006, – damals nannte man es »warm« und fand es nicht heimelig ...

Hass also, der sich nach dem militärischen Rapport verdienter Ruhe im Haus Henkel und dessen Gastbett anvertraute. Nicht ohne vorher den ärztlichen Rat unseres Freundes, des Internisten Professor Bahner, genutzt zu haben, – der denn doch die Andeutung eines schattenhaften Delirium tremens diagnostizierte und dem Ermatteten einige Liter Kamillentee einflößen ließ von der ihn umsorgenden Hausfrau. So war er denn auch bald wieder bei Kräften und gesellte sich dem gastlichen Kreis im Gartenzimmer zu, wir stießen an mit einem leichten Mosel, die Geschehnisse dieser drei Tage in munterem Geplauder Revue passieren lassend.

Übrigens sei noch nachgetragen, dass wir des Morgens, vom General entlassen, auch dem Hoteldirektor den fälligen Entschuldigungsbesuch machten, – Erwin Gutwinsky hieß er und war ein Meister seines heiklen Metiers. Und unseres Auftritts wollte er sich kaum mehr erinnern … Hans Egon Hass ist 1969 gestorben.

Freie Universität Berlin 1966/67

Die Gewohnheit des Wechsels ist ein sinnvoller Brauch, eine bewährte Tradition der deutschen Universitäten. Bis in die dreißiger Jahre des 20. Jahrhunderts hinein war es nicht selbstverständlich, so doch allemal üblich, dass der Student weiterzog von einer Universität zur anderen: um der Erfahrung anderer Methoden und der Lehre anderer Professoren willen, auch um sich dem Eindruck und Einfluss einer anderen Stadt, eines anderen Menschenschlages und einer anderen Sprache anzuvertrauen.

Der Tausch einer Universität mit der anderen war geschätzter Brauch auch des Professorenstandes. Er setzte natürlich eine erneute Berufung voraus, – es konnte sich aus mancherlei Gründen lohnen, einen neuen Auftrag an neuem Ort zu erproben oder zu wagen.

Zum Wintersemester 1966/67 nahm ich den Ruf an die FU Berlin an.

Den zum zweiten Mal ausgesprochenen Ruf. Das verdient achtungsvoll und dankbar erwähnt zu werden. Vier Jahre zuvor hatte mich die FU schon zu sich holen wollen. Ich hatte den Ruf abgelehnt. Und es ist keine Beiläufigkeit, sondern verdient als symptomatisch und voller Respekt und Dankbarkeit gewertet zu werden, dass die gleiche Fakultät, die gleiche Universität sich nicht zu gut war, die erste Absage hinzunehmen und es mit dem Absagenden noch einmal zu versuchen. Es bezeugt das den liberalen, den sehr unkonventionellen Stil dieser Hochschule, die viel angenommen hatte von Geist und Formen der USA. Denn es waren die Amerikaner, die den mutigen Gründungsakt von Studenten und Professoren politisch und materiell entscheidend unterstützt hatten, der die souveräne Reaktion auf die Unterwerfung des freien Geistes der Humboldt-Universität durch die marxistisch-kommunistische Weltinterpretation des DDR-Regimes gewesen war.

Nach den in jedem Sinne improvisierten Anfängen hatte sich die im Dezember 1948 gegründete FU selbst und selbstbewusst gefunden, aber immer noch vibrierte ihr Geist im flexiblen Habitus der aller Ruhe abgeneigten Gründerzeit. Der Abschied von Heidelberg nach insgesamt 17 Jahren war für mich kein einfacher Vorgang. Ich ließ Freunde zurück, auch solche außerhalb der Universität, und Erinnerungen an Geschehnisse und Erlebnisse, die zu bestimmenden Formationen geworden waren in der Architektur meines inneren Selbst. Aber es hatte sich in mir die Vermutung ausgebildet, die sich zur Überzeugung verfestigte, dass ich mich lösen musste aus einer Umgebung, die es mir wohl zu leicht machte, zu angenehm und keine Widerstände spüren ließ dank Gewöhnung an Gewohntes. Zwar war Heidelberg nicht mehr die verzuckerte Stadt des Student-Prince; zwar waren die Gesänge im »Seppl« und im »Roten Ochsen«, die von »der Jugend schönster Feier« kündeten in Bass und Tenor und vom »Student-Sein, wenn die Veilchen blühn«, mittlerweile zu bloßer künstlicher Folklore degeneriert und bestenfalls noch zur Lust der (vor allem amerikanischen) Touristen installiert. Aber etwas Exotisch-Weiches webte in der milden Materie dieser Stadt, und in ihrer steten und selbstverliebten Wiederholung waren der flammenden Schlossbeleuchtung und dem Feuerwerk und dem Ball- und Bade-Spiel auf den Neckarwiesen ein operettenhafter Zug eigen. Kurzum, ich meinte, mich einer härteren Lebenswirklichkeit stellen zu sollen, – und keinen Ortes war diese Wirklichkeit härter und verwirrender und im Bewusstsein ständiger Gefährdung fassbarer als im eingemauerten Berlin. In West-Berlin, das sich als »Frontstadt« empfand und gebärdete. Und als solche inmitten aller Unsicherheit der materiellen Fürsorge vor allem des »Bundes« in ungewöhnlichem Maße sicher sein durfte. Nicht zu reden von den emotionellen Wellen, die, leise gekräuselt oder heftig bewegt, den nahezu exotisch wirkenden Komplex umringten.

Ich verließ mit der Heidelberger Fakultät, wie sie zu beschreiben ich versucht habe, eine Communitas, die sich selbst gerecht wurde, ohne doch selbstgerecht zu sein, und die es mich nie hat spüren lassen, dass ich in ihrem Kreise nach Lebensalter wie Anciennität über einige Jahre hin der Jüngste war. (Und diese Erinnerungen niederschreibend, verlasse ich für einen Atemzug die Bahn eines Konzeptes, das nicht will, dass der Berichtende sich und seine Person zum Gegenstand macht; und werde dessen beklommen und beklemmend inne, dass wohl alle nicht mehr leben, von denen hier die Rede ist. Fast alle, – bis auf, zu nicht nur meiner Freude, Rudolf Sühnel.)

Der Umzug war kein Umzug von einer Stadt in die andere. Der Umzug ging aus von dem so genannten Westdeutschland und strebte als Ziel an West-Berlin (gemäß der Sprachregelung der DDR in einem Wort zu schreiben). Und da die bewusst sekkierenden Regel-Bestimmungen der DDR nicht nur jedem Möbel, sondern auch jedem Buch ihre misstrauisch-registrierende Aufmerksamkeit mit pedantischer Insistenz zuwendeten, wurden der Einfachheit halber Fracht und Personen dem Flugzeug anvertraut. Das sei hier nicht im Einzelnen geschildert. Wohl aber das Ärgernis der vielen nunmehr notwendig werdenden Autofahrten durch die »Zone«. Die Demütigung – auch sie natürlich bewusst arrangiert – durch die Wartezeit: die Abgabe der »Dokumente«, also Pass und Autopapiere, die dann in einer Art Tunnelkonstruktion von einer Baracke zur anderen befördert wurden; der Aufruf endlich des eigenen Namens; die Entlassung mit den gestempelten Scheinen auf die Autobahn; die Kontrolle von Geschwindigkeit und eingehaltener Fahrspur durch die »Organe«, – mir ist seit jenen Erfahrungen ein tiefes Misstrauen eingeprägt gegen diese Brüder und Schwestern und ihren sächsischen Dialekt, deren vereiste Gesichter auch nicht ein Mal, nicht ein einziges Mal, bei unzähligen Passagen so etwas aufschimmern ließen wie Menschenfreundlichkeit oder auch nur die andeutende Geste eines Wissens: nämlich dass wir alle Überlebende waren und nun fertig werden mussten, in dem einen Staatengebilde und Gesellschaftssystem wie dem anderen, mit dem Erbe jenes weltenvernichtenden Krieges. Aber das war zu viel erhofft, – so klingen sie mir denn heute noch schrill und böse im Ohr, die Namen Drewitz und Dreilinden und Helmstedt. Oder man nahm den Weg durchs liebliche Thüringer Land, Grenzübergang Herleshausen; um beim Hermsdorfer Kreuz abzuschwenken. Sie hießen jeweils anders auf der einen und der anderen Seite, der »deutschen« und der »russischen«, wie man immer versucht war zu sagen. Helmstedt hieß Marienborn hieß Helmstedt ... Und die hinter den Hecken lauernden Autos der Volkspolizei, die uns stoppte und solide Westmarkscheine kassierte, wenn wir das Tempolimit von Hundert (oder darunter) nicht eingehalten hatten. Was nach Lage der Dinge nicht so selten vorkam, denn die Autobahn war oft leer und ihre Belagschäden waren zwar in deutlichen Stößen spürbar, aber nicht unbedingt zur gemächlichen Zurückhaltung zwingend.

Auch nachdem Egon Bahrs Transit-Verträge wesentliche Vereinfachungen im Bereich der Formalitäten herausgehandelt hatten, blieb es doch eine Tour der ewigen Peinlichkeit. Der Unwirklichkeit inmitten knallharter Wirklichkeit. Des steten Unsicherheitsgefühls.

Ich fand eine konvenierende Wohnung in Dahlem, Ehrenbergstraße, nahe den Amtssitzen und Seminargebäuden der über den ganzen Stadtteil und seine Parklandschaft hin verstreuten Universität. Der Hauseigentümer war der Verleger Herr Spitz, und zu den Eigentümlichkeiten seiner Person zählte die wider alle Konvention gerichtete Gewohnheit, nicht das Weihnachtsfest feiernd zu begehen, sondern statt seiner im Familienkreis den Geburtstag Mozarts. Weiteres entzweite uns nicht. Auch hatte ich nun eine Haushälterin, Helga Bamme ihr Name, und in ihrem Wesen vereinigte sie alle Wunderbarkeiten und Wunderlichkeiten des echten Berlinertums.

Sie schmeichelt meinem Stolz, als sie erzählte, sie habe mich im Fernsehen ihren Freundinnen gezeigt mit den Worten: »Der wie 'n Herr aussieht, det is mein Chef!« – Als der Dekorateur die Filzvorhänge so arrangierte, dass sie wie gewollt über dem Boden um einen halben Meter umknickten, und sie ordnungseifrig protestierte, – da klärte er sie auf: »Jute Frau, det is französisch!« ... Und nun sie resignierend: »Also jut, leben wa ebent französisch ...« – Als ich eines Tages ihre Frisur lobte: »Na ja, hab ja keenen, der mir't Haar zerwühlt ...« – Als sie mit ihrem Mann ein Geschäft verließ und er die Verkäuferinnen abschiednehmend grüßte, Hand an der Hutkrempe: »Wiedersehen die Damen!«, – da musste er lernen: »Det hätt mein Chef nie jesacht ...!« – Diese ausgewählten Zitate legen es mir nahe, weitere Berolinensia vorzubringen, der Berliner Witz hat etwas aufklärend Preußisches (und mit dem Lachen nichts zu tun), – hier begnüge ich mich guten Grundes mit dem Heizungsmonteur, der zu allzu früher Stunde erschien und ich, kleinbürgerlich, eine Art Entschuldigung stammelte, weil das Bett noch nicht gemacht war: »Na, ick wer's Ihn ooch nich machen ...!«

Den spezifischen Tonfall allerdings, den muss ich schuldig bleiben. Der, wie man weiß, recht eigentlich die Musik macht, genauer: die Musike ...

Die FU war körperschaftlich verfasst, innerhalb dieses von den USA gelernten Systems war auch den Studenten Mitsprache und Mitwirkung zugestanden. Den überlasteten Rektor dieser großen Körperschaft sah man selten, nachdem man in seinem Amtszimmer vor ihm den Amtseid abgelegt hatte (der mich zum wiederholten Male zum »Beamten auf Lebenszeit« machte). Das eigentliche Regiment der verwaltenden Herrschaft über diese große Korporation, deren Traditionslosigkeit Erleichterung und Beschwernis zugleich bedeutete, lag in den Händen des Kurators. Damals des Dr. med. von Bergmann, eines mit allen Wassern getauften, sehr gebildeten und seine Macht mit dezenter Gebärde ausspielenden Universitätsverwalters von hohen Graden. Eine seiner wichtigsten, ja die wichtigste seiner Funktionen war das Geschäft der Berufungsverhandlungen. Was von ihm bestimmt und gebilligt war, das persönliche Gehalt angehend wie die Fülle der sachlichen, Institut und

Assistenten und Forschungsvorhaben betreffenden Regelungen, wurde erfahrungsgemäß von den stadtstaatlichen letztverantwortlichen Instanzen anstandslos gebilligt. Konservativ gemäß seiner Persönlichkeitsstruktur und der Tradition seiner berühmten Mediziner-Familie, traf ihn die Rebellion der Studenten mit einer Heftigkeit, als sei sie nur und vor allem gegen ihn persönlich gerichtet. Das hat Wunden geschlagen, die er nie verschmerzen konnte. Und mit dem Untergang der alten FU ging sein Lebenswerk unter.

Die Philosophische Fakultät: Sie war etwa drei Mal so umfangreich wie die Heidelberger, und schon dieser Masse wegen schwer zu dirigieren. Aber auch ihre sehr heterogene Zusammensetzung machte sie zu einem unhandlichen Gebilde, einem *Corpus irregulare* und (beinahe) *monstro simile*. Diese Gelehrtenversammlung war ja nahezu aus dem Boden gestampft worden, und in ihr fanden sich zusammen (wenn sie sich zusammenfanden) alte Remigranten und aufstrebende Jungtalente, und was die Beschädigung durch allzu nahe Berührung mit dem Regime der Nationalsozialisten betraf, so verfuhr man in der FU großzügiger als im übrigen Deutschland. Was zur Folge haben konnte, dass ein heimgekehrter Jude neben dem heimgeleuchteten NS-Parteimitglied saß …

Vielleicht hätte ich versuchen können, mittels meiner Erfahrungen der Politik dieser Fakultät nützlich zu sein, denn ich war wohl der Einzige in diesem Kreis, der schon die Schule eines Lehrstuhlinhabers an einer deutschen Universität absolviert hatte. Aber die Verhältnisse waren schneller als die zwar erneuerungswilligen, aber doch zur Schwerfälligkeit neigenden Umstände. Das Neue aber geschah plötzlich und unvermutet, ein Funke glühte auf und setzte in Brand, was sich lange schon als explosives Material angesammelt hatte.

Es begann so freundlich. Wir Heidelberger (ich hatte drei Assistenten und ein halbes Hundert Studenten mitgebracht) durften das Gefühl haben, willkommen zu sein, und machten unsererseits kein Hehl draus, dass es uns wohlgefiel am neuen Ort. Im großen Hörsaal des neuen ausladend-imponierenden Henry-Ford-Baus ein »Tristan«-Kolleg, dazu eine Seminarübung zum *Guten Gerhard* des Rudolf von Ems. Was uns Gelegenheit gab, ohne Hoffart festzustellen, dass es in Heidelberg schon etwas anspruchsvoller zugegangen war, was die germanistischen Fundamentalkenntnisse betraf.

Ich war oft Gast im Hause von Sylvia und Joachim Bumke, und wir machten uns mit Eifer an das Entwerfen von gemeinsamen Unternehmungen mit und ohne Studenten. Tranken altvertrauten Pfälzer Wein und sahen auf zum Himmel, dem die unablässig startenden und landenden Flugzeuge (vor allem der PanAm) mit ihren Kondensstreifen die elegantesten Figurenbilder einzeichneten. Das Düsengeräusch und die optischen Wahrnehmungen waren wie Signale, die garantierenden Signale der Freiheit für alle in der Begrenzung der eingemauerten Stadt. Die jederzeit mit Repressionen rechnen musste für den nicht voraussagbaren Fall einer plötzlichen Temperaturveränderung im unkalkulierbaren Klima des Kalten Krieges.

Bis dann der 3. Juni 1967 kam: Besuch des Schahs und Farah Dibas. Die Ruhe war dahin, Aufläufe und Demonstrationen rotteten sich zusammen, es gab wilde Prügelszenen auf Platz und Straße zwischen Schah-Freunden und Schah-Kritikern, und offenbar hatte die Schah-Partei eine Knüppelgarde rekrutiert, die brutal zuschlug. Die so genannten Ordnungskräfte waren den sich hochschaukelnden Unruhwogen nicht gewachsen, – und irgendwann fiel ein Schuss. Der eine furchtbare Nahfolge, nämlich den Tod eines Menschen, – und langwirkende Nachfolgen hatte, nämlich den Aufstand vieler Menschen. Ein waffennärrischer Polizeimeister in Zivil hatte sich in dem Getümmel bedroht gefühlt und zog seine Pistole. Und traf den Friedlichsten unter den Demonstranten, einen Jungen, der aus keinem anderen Grund als dem des Interesses an den wirren Vorgängen hinzugekommen war und sich nicht beteiligte an irgendwelchen Aktionen. Er verblutete noch am Ort, nahe der Deutschen Oper in der Krummen Straße. Hinterließ Frau und Kind. Was aber uns überdies noch ganz persönlich traf: Er hatte zu uns gehört, er war Teilnehmer jenes erwähnten Seminars über den *Guten Gerhard*.

Von da an war die Universität verwandelt. Und in besonderem Maße aufgeputscht in den geisteswissenschaftlichen Instituten. Innerhalb ihrer nirgendwo heftiger als in der Germanistik.

Lehrveranstaltungen wurden bestreikt, eine so genannte Studentische Vollversammlung löste die andere ab, die Studentenvertreter versuchten, die Professoren vorzuführen, zu kritisieren nicht nur, sondern auch – gefahrlos, wie es war –, sie zu demütigen. Man wollte eine andere Wissenschaft, wollte andere Lehrer, wollte eine andere Universität. Der von der ideologischen Linken siegesfroh proklamierte »Marsch durch die Institutionen« begann allererst am Ort des geringst-vermutbaren Widerstands. Denn anders als etwa Ministerien oder Konzerne oder Kirchen oder das Militär war die Universität ja ein »offenes« Gebilde, – und innerhalb seiner gezeichnet von durchaus unterschiedlichen, ja widersätzlichen politischen und sozialen Überzeugungen.

Auch die Professoren der Germanistik am Ort waren nicht etwa ein durch gemeinsame Überzeugung geschlossener Kader. Einige von ihnen stellten sich den studentischen Ansprüchen mit intransigenter Härte entgegen, auch mit Mut, – und mussten wie auch die anderen Boykottierung und Sprengung ihrer Lehrveranstaltungen erfahren. Darüber hinaus auch Sorge tragen für die Sicherheit ihrer Sachen wie ihrer Person. Dann war da – Sonderpositionen nicht eingerechnet – das kleine, aber feste Häuflein der so genannten Liberalen. Zu deren Kennzeichnung konsequent das Präfix »Scheiß-« sich fügte. Diese pejorative Schwärzung eines an sich noblen Begriffs hatte ihren Grund in dem einfachen Faktum, dass die militante Spitze der studentischen Aggression trachten musste, diejenigen zu erledigen, die Verständnis zeigten. Verständnis für die Motive, nicht hingegen für die den Motiven entsprechen wollenden, Verletzungen und Brutalität nicht scheuenden Handlungen. Es war ja der Ehrgeiz, um nicht zu sagen der Stolz der Aufrührer, dass sie nicht verstanden werden wollten! Nicht von einer abgetretenen Generation, die die ihrer Eltern war und gegen die sich landesweit, ja weitgehend international das Aufbegehren richtete: von Princeton und Berkeley bis Paris und Frankfurt. Und so versuchten sie kaputtzumachen, was sie – gemäß ihrer von Wehleidigkeit nicht freien militanten Ideologie – kaputtmachte.

Um zurückzukehren zur Germanistik der FU: Als ich eines Morgens pflichttreu meinen Hörsaal aufsuchte, wurde mir der Weg zum Katheder versperrt durch eine verhakte Kette von Studenten, die ihren Häuptern zum Zwecke der Mehrung ihrer kriegerischen Ausstrahlung Bauarbeiter-Helme aufgetopft hatten. Und so ging es nicht nur mir, sondern vielen meiner Kollegen; und so ging es nicht nur ein Mal, sondern viele Male. So dass zum Beispiel Eberhard Lämmert in trotzigem Widerstand gegen den Widerstand schließlich seine Vorlesung im Treppenhaus hielt …

Wir hangelten uns von einer Sitzung mit den Wortführern der Studentenschaft zur anderen, hier ein Feuer eilends austretend, während in unserem

Rücken schon ein anderes (wieder) aufflammte. Die Tag- und Nachtstunden drangebend, – und wacker Valium schluckend. Das Institut war nun »besetzt«, und an ihm prangte auch ein revolutionärer Titel, es hieß jetzt »Rosa-Luxemburg-Seminar«. Es hatte mich zu dieser Zeit gerade das Los des Geschäftsführenden Direktors getroffen, so machte ich mich eines Nachts denn auf, vor der Barriere Einlass verlangend in »mein« Institut. Der mir von einem – echten! – Bauarbeiter gewährt wurde, nachdem ich ihm auf seine Frage: »Gehören Sie dazu?« ein vieldeutbares »Ja« geschenkt hatte.

Es sah wüst aus bei »Rosa Luxemburg«, man lag die Kreuz und die Quer und machte es sich auf revolutionäre Art gemütlich, weiblich wie männlich, Lust von einer Art genießend, die ihnen das Studium bisher vorenthalten. Ich war da offensichtlich fehl am Platz und trollte mich wieder, gleichgültig zur Kenntnis genommen von dem mit sich befassten Besetzercorps, und gleichgültig von ihm entlassen. Zu meinem Schaden klebte mir ein Rest an von diesem Besuch, nämlich Buttersäure an den Schuhsohlen, Spur vergangener kämpferischer Auseinandersetzungen, die nun auch den Boden meiner Wohnung verpesten wollte, – so deponierte ich die Schuhe im Treppenhaus. Wo ich sie jedoch nicht wiederfand …

Eine fragwürdige Figur muss ich auch abgegeben haben, als die Konservativsten unter der Studentenschaft, nämlich die Juristen, die schneidige Absicht bekundeten, das Germanistische Institut mit Gewalt zu stürmen, also »zu befreien«. Da habe ich, scheinbar und in absurder Verkehrung der Fronten die Partei der Besetzer einnehmend, nicht minder schneidig abgewiegelt, indem ich durch das Megaphon die kampflüsternen Anhänger der Rechtswissenschaften mit allen Mitteln des rhetorischen Aufgebots überflutete und sie immerhin so weit beeindruckte, dass sie abließen von ihren Angriffsplänen. Der konservative Rektor indessen, Zahnmediziner seines Zeichens, griff zu anderen Mitteln. Er sperrte dem Seminar-Haus Wasser und Elektrizität, und infolgedessen machte sich sehr bald ein übles Gemenge von Gestank und Unrat breit und breiter ... So zogen die Aufständischen denn schließlich aus, ein Chaos aus Trümmern und Dreck hinterlassend, jedoch ihre revolutionäre Emphase nahmen sie mit. Leider auch einige Bände aus der Institutsbibliothek. So standen wir denn mit dem Rücken an der Wand, wir liberales Häuflein, nebst mir bestehend aus Bumke, Lämmert, Szondi. Und, ganz links außen, der so kluge wie gebildete Religionsphilosoph und Rabbiner-Sohn Jacob Taubes. Einsam, – inmitten seiner Jünger. Mit dem Neugermanisten Hans Egon Hass zog ich zum Kurator, um ihn zu gewinnen für den Beschluss einer Lockerung der Wasser-Elektrizitäts-Sperre. Der aber war sich mit dem Rektor einig in gemeinsamer Abscheu wider unsere, wie man meinte, feige Appeasement-Nachgiebigkeit. Wir hatten uns das akademische Establishment zum Feind gemacht – und die Studenten nicht etwa zum Freund. Die hielten sich weiter an ihre Parolen, fordernd, »die Magnifizenzen« zu ziehen »an ihren Schwänzen«, und dem Regierenden Bürgermeister schenkten sie die muntere Parole: »Brecht dem Schütz die Gräten! / Alle Macht den Räten ...«

»Linker Faschismus«, wie Habermas den wilden Aktionismus bitter benannte. Man gefiel sich in den abstrakten Wonnen einer eigenen, theoriebelasteten Parteisprache, redete von »repressiver Toleranz« (das traf uns »Liberale«) und »fragte« nicht mehr, sondern »hinterfragte«, – was die Chance einer gewisseren Antwort zu geben verhieß. »Die Studenten«, – das waren in der Majorität keine aufbegehrenden Aktivisten. Die Majorität tat, was sie meistens tut: Sie sah zu und wartete ab. Einerseits fühlte sie mit dem Aufruhr, der in ihrem Namen fungierte. Anderseits bewahrte man den gebeutelten Professoren ein gewisses, der Konvention und der Gewohnheit, zuweilen vielleicht auch der Erinnerung an menschenfreundliche Zeiten geschuldetes Maß an lässiger Sympathie. Auf Distanz-Halten bedacht.

Damals, im Herbst 1968, hielt der Deutsche Germanistenverband seinen Jahreskongress in Berlin ab. Er hätte für seine Zwecke keinen unglücklicheren Zeitpunkt und Ort finden können. Wie nicht anders zu erwarten, wurden die Veranstaltungen blockiert und boykottiert, und hohe Achtung gebührte dem amtierenden Präsidenten, dem Hamburger Altgermanisten Karl Heinz Borck, für die beherrschte Standhaftigkeit, mit der er diese sinnlosen Turbulenzen durchhielt, inmitten unverhohlener Feindschaft: »Schlagt die Germanistik tot, / Macht die Blaue Blume rot ...!«, so das revolutionäre Gegenprogramm. Polittheater, zu seinem eigenen Ergötzen, seiner eigenen dümmlichen Befriedigung inszeniert.

Es kam auf diese Weise zu einem Auszug der Germanistik aus der FU Berlin, das heißt der Lehrer dieses Faches. Die schließlich keine Antwort fanden auf das insistente Fragen nach der »gesellschaftlichen Relevanz« ihres Tuns. Es wollte mir in der Tat nicht gelingen, diese Frage in Bezug auf Parzival und den Gral, auf Erek und Enite oder den Gregorius und caesurierten Strophenbau des Minnesangs und frühmittelhochdeutsche Reimtechnik, – diese Fragen und alle anderen zur Befriedigung der Fragenden zu beantworten ... Dass allen literarischen Stoffen, so auch den eben genannten, ein soziales, ein gesellschaftliches Element innewohnt, das herauszuarbeiten (auch) Aufgabe des Philologen ist; dass man den Autoren der alten Texte eine Tendenz auch auf ein gesellschaftliches Programm ablesen kann, – daran war nie gezweifelt worden und kann auch nicht gezweifelt werden. Aber die krude Nutzbarmachung etwa der Artus-Runde für die sozial-moralischen Irritationen einer irgendwohin verblendet nach neuen Ufern Ausschau haltenden Generation wollte sich nicht eben anbieten. Es machte sich unter uns Dozenten die beklemmende Sorge breit, die sich zur Gewissheit verdichtete: dass wir unter obwaltenden Umständen nicht würden sinnvoll arbeiten, dass wir den von uns gewählten Beruf unter diesen Bedingungen nicht mehr seinem Anspruch und seiner Dignität gemäß würden ausüben können. So zogen sie denn die Konsequenz: Die Professoren Eckehard Catholy und Katharina Mommsen nahmen Rufe nach Amerika an; Lämmert bezog den Lehrstuhl seines Faches in Heidelberg; Bumke den in Köln; und ich entschloss mich, in die freundlichen Gefilde des Badischen zu wechseln: nach Karlsruhe, an die dortige altberühmte Technische Hochschule, die sich mittlerweile geweitet und vertieft hatte zu einer »Universität«; somit auch einen kleinen, aber feinen geisteswissenschaftlichen Sektor aufbauend. Dies zumal dank dem universitätspolitischen Geschick und Bildungsprogramm des Rektors Hans Rumpf wie auch der Energien des Kunsthistorikers Klaus Lankheit (wir waren einander verbunden aus der Erfahrung gemeinsamer Privatdozenten-Zeit in Heidelberg).

Abschied von der FU, Abschied von Berlin

Wir hatten ihn uns nicht gewünscht, – und er war mir auf andere Weise schwerer als der ein paar Jahre zuvor aus Heidelberg. Und zwar vor allem angesichts der Trümmer konkreter Hoffnungen und Pläne, während wir Heidelberg immerhin in dem Bewusstsein verlassen durften, dort unsere Sache getan zu haben, und sie nicht vergeblich getan zu haben.

An den Schwarzen Brettern des FU-Instituts hingen Blätter aus, Listen, in die die Studierenden ihre Namen eintragen sollten. Unter diesen folgender Text:

»Professor Wapnewski hat einen Ruf an die Technische Hochschule Karlsruhe erhalten. Die unterzeichneten Studenten des Instituts für Germanistik möchten die wissenschaftliche Diskussion um das Selbstverständnis der Altgermanistik fortsetzen. Sie sehen im Fortgang Professor Wapnewskis eine wesentliche Verschlechterung ihrer Arbeitsbedingungen und bitten ihn deshalb, seinen Lehrstuhl an der Freien Universität zu behalten.« Folgen einige hundert Unterschriften.

Ein Text, der sich ermutigend abhob von dem rüden Stil, der über etwa fünf Semester hin die Atmosphäre stickig und explosiv vergiftet hatte. Aber ich hatte die Hoffnung aufgegeben, eine sinnvolle »Diskussion über das Selbstverständnis« meines Faches führen zu können. Es ging mir ja auch um meine »Arbeitsbedingungen«. Doch mache ich kein Hehl daraus, dass mich diese Aktion auch wohl anrührte: gewissermaßen die säkularisierte Variante des alten Fackelzugs, wie er einst auf die Straße zog, den Ruf eines Professors nach auswärts zu feiern und seine Umsetzung zu verhindern.

Wir gingen also. Ich hätte die Chance gehabt, neben Bumke in Köln einziehen zu können, – ich nahm den anderen Weg. Und weiß bis heute nicht zu sagen, ob ich recht getan habe, – und wage kaum zu Ende zu denken, welche verwandelnden Veränderungen der eigenen, der professionellen und der privaten Existenz sich aus der Wahrnehmung der anderen Möglichkeit ergeben hätten.

Wie von einem Tag auf den anderen war nun die Germanistik an der FU arm geworden. Es blieben: Wilhelm Emrich; Ingeborg Schröbler; Hans Egon Hass; Heinrich Matthias Heinrichs (der Skandinavist). Wenige Jahre später waren sie nicht mehr am Leben. Es wäre ein stilloser Aberwitz, wollte ich ihren Tod kausal mit der Studentenrevolution verbinden. Doch dass sie alle – wie auch wir, die Abgehenden – schwer trugen an den Versehrungen aus dieser Bataille, die sie so wenig erwartet wie gewollt hatten, bleibt unbezweifelbar. Am schwersten aber traf uns der Tod Peter Szondis, den wir bewundert, verehrt und geliebt hatten. Er ging eines Tages (am 18. Oktober 1971) in das Wasser des Halensees, an dessen Ufer er wohnte. Kam nicht zurück.

Mit diesen Bild-Ausschnitten, dieser Schilderung der Vorgänge im großen Aufbegehren der studentischen Generation habe ich wiederzugeben versucht, wie sich die gewaltige Woge brach in den kleinen Partikeln der uns, der mir anvertrauten und vertrauten Welt.

Die Studentenrevolte. Aus dem Abstand einer Generation, aus dem Abstand von dreißig Jahren gesehen, hat sie bereits geschichtliche Konturen. Es stellt sich die Frage: Was hat sich, was hat sie verändert: Allgemein, also in der Gesellschaftsstruktur der Bundesrepublik; und im Besonderen, also dem Bereich der Universität? Um mit der Hochschulsituation zu beginnen: Es ist vorbei mit der »alten Ordinarien-Universität«. An ihre Stelle rückte die Gruppenuniversität, mit der Absicht einer möglichst weitgehenden Beteiligung an der Lenkung der Hochschule durch die innerhalb ihrer tätigen einzelnen Berufsgruppen. An die Stelle der hergebrachten Gliederung und ihrer Stufen, Rektor und Senat und Fakultät, traten neue Gremien und Untergremien. Insbesondere wurden Einfluss und Rechte der Studenten und der Nicht-Ordinarien gestärkt. Auch galt es nun, die Ansprüche anderer Gruppen zu berücksichtigen, von der Verwaltung bis zum technischen und zum Reinigungspersonal. Aus dem Rektor wurde vielerorts ein Präsident, aus dem Dekan ein Fachschaftssprecher, aus dem Ordinarius der C-4-Professor. Die Art dieser tief greifenden, die Substanz der alten Universität grundlegend umschichtenden Veränderung einem gültigen Urteil zu unterwerfen will mir nicht gelingen. Vielmehr begnüge ich mich, von der Veränderung des Klimas, des Stils zu reden. Das aber heißt: Der Ton ist nüchterner, gleichgültiger, neutraler geworden, in dem die Lehrer und ihre Studenten miteinander umgehen. Die alte, auch sentimental bewegte Beziehung, die sich gefühlsreich äußerte in Gemeinschaftsunternehmungen geselliger Natur wie Kneipen und Kahnfahrten und Seminarfesten, ist dahin. Die ehemals weitgehend subjekt- und persönlichkeitsgeprägte Institution wurde zum technisierten System, zu einem Betrieb, der einer arbeitsteiligen Gesellschaft zu dienen hat durch Bereitstellung von ausgebildeten Fachkräften. Es bleibt nahezu mirakulös, dass die Universität heute beinahe vierzig Prozent eines jeweiligen Jahrgangs aufnimmt und annimmt, – verglichen mit den einstigen fünf oder zehn Prozent. Die bange Frage, ob und wie denn ein derart großer Anteil der heranwachsenden Jugend das Zeug mitbringt, intellektuell zu denken, bündig zu schließen und das Verstandene angemessen zu formulieren (und nicht weniger und nicht mehr als das fordert ein Studium), – diese bange Frage mag hier für sich stehen in der Vermutung, dass sie auch von anderen und von Instanzen der Politik gefragt wird. Die anekdotenähnlichen Geschichten, die Professoren erzählen und weitergeben und die Zeugnis sein wollen der stupenden Torheit, Ahnungslosigkeit und bildungsfernen Dumpfheit mancher Studenten sind Legion, – es gab sie von je als fabulierendes Genre, wie es sie immer noch gibt. Inwieweit solche Erfahrungen mehr sind als Kuriositäten, als Augenblicksaufnahmen, und inwieweit sie als repräsentativ gelten müssen, steht dahin. Auch das Bild, das »Image« des Professors hat sich wesentlich verändert, es gibt keine Professorenwitze mehr (auch sie ein eigenes und nicht reizloses literarisches Genre, in Heidelberg sich rankend vor allem um den legendären Juristen Gradenwitz), – denn es gibt das »Original« nicht mehr: den seinen Denkproblemen und ihrer Lösung in konzentrierter und isolierter, also »zerstreut« scheinender Hingabe gehörigen weltfremden Gelehrten. Der in seiner Tradition zu einer eigenwilligen und exzentrischen Figur wurde, – zu einer liebenswerten freilich auch. Die Zeit mag vorbei sein, in der sich 1968 ff. Professoren ihren Studenten anbiederten durch die lässige Kleidung (Norwegerpullover und Birkenstock-Sandalen, und dazu die Shag-Pfeife); oder gar durch das Angebot des kollegialen »Du«, – so ist doch heute allemal das professorale Erscheinungsbild nivelliert und der alles überziehenden Schicht des Zeitgeschmacks angeglichen. Abbau der Formen: dies gewiss eine der deutlichsten Folgen der Studentenbewegung. Sehr allgemein wie etwa im Bereich des Modischen (man kann heute im gleichen »Outfit« ins Labor gehen wie in den Zoo wie in die Oper); spezifisch fassbarer in der Einebnung von Titeln und Anreden. Die liebenswerte k.u.k.-Hofrats-Titulatur mit all ihren Entsprechungen (bis hin zu ihrer wunderbaren Zuspitzung in Herzmanowsky-Orlandos *Gäulschreck*, wo eines Hofzwergs normal- und gutgewachsene Gattin von ihrer Nachbarin angeredet wird als »Frau Hofzwerg« ...), – dieses zierliche und fragile österreichische Arrangement von subtil differenzierten Stufungen des gesellschaftlichen Miteinanders hatte im »Reich« ohnehin keine Entsprechung. Wohl aber hatten bis zur letzten Jahrhundertwende Titel und Rangbezeichnungen eine altbewährte Geltung. Auch in der bewusst gepflegten, ja kultivierten Form der öffentlichen Anrede. Wer den Präsidenten oder die Magnifizenz, wer den Professor oder die Spektabilität auf diese Weise formal tituliert, bekundet damit, dass der Angeredete in seiner Funktion gemeint ist, hinter der die Autorität einer Institution steht, – mag man auch mit dieser Person, die diese Funktion trägt, im täglichen Leben auf Du und Du stehen. Wenn diese Formen nivelliert und applaniert sind, verlieren sie ihre wesentliche, nämlich ordnungsstiftende Bedeutung. Dass alle gleich sind vor dem Gesetz, gilt uns viel. Aber eine Gesellschaft der Gleichen, die auf jegliche Differenzierung in Form und Gestus verzichtet, wird in ihrem grauen Einerlei nicht mehr durchschaubar und nur mehr langweilig. Und widersprüchlich dazu, denn unter der Schicht des »coolen« Gleichmaßes rührt sich dann doch ein Streben nach dem andeutenden oder deutlichen Ausdruck hierarchischer Abstufung und Differenzierung. Zum Beispiel in der inflationären Erfindung von »Prominenten«.

So mag es denn auch seine begrenzte Richtigkeit haben, wenn behauptet wird, dass in unserer gegenwärtigen Zeit die altgeübten Konventionen von Benehmen und Verhalten, die Rituale der Tanzschule und die der Ess-Kultur sich hie und da neuer Beliebtheit erfreuen. Wenngleich nach wie vor Unsicherheit sich breit macht im Bereich der Anrede und das gleichmacherische »Du« nach wie vor viele ihm nachplappernde Freunde hat. Die nicht begreifen, welch schöne Chance der Andeutung von menschlicher Ferne oder Nähe das feintrassierte Repertoire der unterscheidenden Anredeformen und -formeln bietet. Dem anderen die Tageszeit als Gruß zu entbieten, und zwar eine »gute«, ist zwar Konvention – und dennoch schimmert eine humane Geste durch. Wer aber es vorzieht, mit »Hallo!« durch seinen Tag zu gehen, begnügt sich mit einem Scheingruß und wird nie der Segnung inne, die in der Choreographie der Umgangsformen das menschliche Miteinander erleichtert und auch schöner macht, nämlich erträglicher. Unerreicht auf diesem Felde die Kunst des facettierten Alltäglichen in Sprache, Formel und Haltung der welterfahrenen, geschichtsverhafteten Briten.

Noch ein Wort zur Universität. Ihre hierarchische Struktur wurde 1969 ff. auch aufgehoben mittels in Eile durchgesetzter neuer Maßnahmen, Regelungen,

Gesetze. Am nachhaltigsten von allen: die massenhafte Mehrung von Planstellen zugunsten der Hebung des Mittelbaus. Plötzlich wurden Ungezählte zu Professoren, – und wussten kaum, wie. Ob ihr Atem wissenschaftlich und pädagogisch der neuen Höhenluft gemäß war, musste sich im Einzelfall herausstellen. Der allgemeine Fall aber sorgte dafür, dass nun auf Jahre, auf Jahrzehnte hin dem aufstrebenden Nachwuchs der Weg in die Planstellen versperrt war, – bis die biologische Gesetzmäßigkeit den Weg wieder frei machte.

Diese »Massentaufe«, auch »Bauernbefreiung« geheißen, hat in der Welt der Universität als allzu eiliger und einfältiger Ausdruck des Gleichheit anstrebenden politischen Neuerungswillens viel Unmut und Unheil angerichtet. Die Aufhebung oder Lockerung des Formen-Kanons im Allgemeinen wie im Besonderen kann indessen zu ihren Gunsten auch die Erweiterung und Schärfung des Blicks buchen auf bisher im Schatten der Beachtung und des Interesses angesiedelte Themen und Bereiche. So im Lehrplan der philologischen Fächer, der nunmehr eine gewisse Themenverlagerung erfuhr, die ihm gut tat: in Bezug etwa auf Frauenliteratur oder die Befassung mit »den im Dunkeln«, den unbeachteten sozialen Schichten und ihrer Lebenswirklichkeit (in der Geschichtswissenschaft vor allem durch die großen Ansätze der neuen Französischen Schule bewirkt). Hingegen zur jüngsten Caprice der wechselfrohen Bildungspolitik zählt neuerlich die Einrichtung von »Bachelor«- und

»Master«-Studiengängen. Es will mir nicht gelingen, gemäß meiner Einsicht in diese Verfahren auf sinnvolle Resultate zu hoffen.

1968 ff.: Schärft der zeitliche Abstand den Blick zurück? Das Einzelne verliert seine scharfen Konturen, die Szene verflüchtigt sich ins Unwirkliche. Aber es bleibt die Forderung an den Betrachter, das Miterlebte in seinen Dimensionen, seinen Ansprüchen und Motiven, seinen Forderungen und seinen Folgen zu verstehen und darzustellen.

Kein Ort der Triumphe. Nicht auf der einen Seite, nicht auf der anderen. Die alte Universität ist dahin (wie lange vor ihr schon die alte Burschenherrlichkeit). Es gibt die Ordinarien nicht mehr und nicht mehr die Gremien, darin sich ihre Autorität umsetzte. Aber die »neue« Universität hat wenig Grund, sich ihrer Struktur und Organisation freudig zu brüsten. Die »Gruppen« verlieren sich in unzähligen Gremiensitzungen und üben keine »Herrschaft« aus, – nun aber ist an die Stelle der einst regierenden Kaste die Bürokratie getreten. Die Verwaltung mit ihrem untrüglichen Sinn für subversive Machtausübung hat aufmerksam das Herrschaftsvakuum wahrgenommen und es mit ihrer alterprobten Eigenmächtigkeit gefüllt. Die »neue« Universität ist die von außen verwaltete, also gelenkte Universität. So hatte es der Aufstand der Jungen nicht gewollt.

Es liegt in der Natur der Situation, meiner Situation damals, dass ich vor allem die rüden Aktionen, die dümmlichen Angriffe, die verletzenden Beleidigungen und leer laufenden Aktionen geschildert habe. Ich mache kein Hehl daraus, dass diese Verletzungen nachwirken, dass sie mein Verhältnis zur studentischen Generation, zu meinem Lehramt verändert haben. Weil die alte Universität so sehr die meine war, glaubte ich, dass ihre unbestreitbaren Schwächen auf gewissermaßen organische Weise korrigierbar gewesen wären. So vor allem das Defizit in der tätigen Beteiligung der Studenten an Lehrplan, Themen und didaktischen Verfahren, – man hatte sie im Laufe der Generationen fahrlässig in eine passive Haltung des bloßen Rezipierens abgedrängt.

Defekte dieser und anderer Art wären, meinte ich, heilbar gewesen, – aber im Strudel der gewaltigen Welle sozialer und politischer Umwälzung war an Reparaturarbeiten im windgeschützten Detail nicht mehr zu denken.

Was bleibt, ist ein Gefühl der Traurigkeit, auch wohl der Trauer. Nicht nur in Bezug auf den begrenzten Raum der Universität. Es war ja um Höheres gegangen, denn die Besten unter den Aufbegehrenden wollten nicht mehr und nicht weniger als eine bessere Welt.

Eine Generation war angetreten, Geschichte zu verändern. Geschichte zu machen. Die Immobilität einer Gesellschaft, die sich einigermaßen komfortabel eingerichtet hatte im friedlichen Halb-Staat der Adenauer-Epoche, war diesen Nachkommen eine Provokation. Eine härtere Provokation noch war ihr der Geist der Verlogenheit, Bequemlichkeit, der

Unwahrheit, des Verdrängens. Etwa im Bereich der Sexualität, an dem auch die Literatur (in jeglicher Machart) Anteil hatte. Oder und vor allem: im Bereich der Politik. Die Elterngeneration und die der Großeltern hatte sich mit Hitler arrangiert und abgefunden auf diese wie auf jene Weise. Man war »entlastet«, – trug den Schein der Entlastung mit und in sich. Hitler wurde relativiert und abstrahiert zu einer Art Naturereignis, das man hatte über sich ergehen lassen müssen. Dass es diese Gesellschaft war, eben sie, die in ihrer großen, erdrückenden Mehrheit selbst die Rolle dieses Naturereignisses übernommen hatte, das wollte man nicht mehr wissen, – und wusste es vielleicht wirklich nicht. Die Jungen aber wussten es, deckten es auf. Und machten sich daran, diese Form von Vergangenheit noch einmal gewusste, bewusste, wissende Gegenwart werden zu lassen.

Ihr Aufstand bedurfte der Instrumente. Sie wurden gesucht und gefunden in den Konstrukten der Philosophie. Nicht Hobbes und Kant, von denen sie vielleicht hätten lernen können, sondern Marx und die Frankfurter Schule und vornehmlich Herbert Marcuse, von denen sie allenfalls noch Begriffspartikel des Hegelschen Systems übernahmen. Solches intellektuelle Rüstzeug war notwendigerweise fragmentarisch, – und es wurde begriffslos vermengt mit den Parolen des Politischen, mit der politischen Parteiideologie des Kommunismus als der scheinbaren Verdinglichung des Marxismus und der Hegelschen Weltseele.

Es sollte gehen um die Zerstörung dessen, was zerstörte. Das Kaputtmachen des Kaputtmachenden. Die uranfänglich ernsthafte Motivation der ganzen großen und weitgehend irrational akzentuierten Bewegung diskreditierte sich in dümmlichen Aktionen theatralischer Natur, in peinlichen Happenings und schäbigen Gewaltausbrüchen, die schließlich sich nicht mehr nur gegen Sachen richteten, sondern zynisch auch gegen Menschen.

Die Kinder fraßen ihre Revolution. Es blieb nicht viel von ihr, – außer jener Veränderung der Formen, die ich zu beschreiben versuchte und die, da Form nie nur ein Außen ist, auch eine der Mentalität war. Des Gemüts. Auch eine der Moral? Das Wissen und Gewissen tut sich schwer, die Wandlungen einer kollektiven Moral zu registrieren, zu erwarten, zu erhoffen.

Der Aufstand zerrann. Er hatte in seiner spekulativen Kopflastigkeit die Balance verloren. Er hatte in seiner konkreten Umsetzung eben jenes Maß an Menschenfreundlichkeit eingebüßt, die zu provozieren eines der ursprünglichen Motive des Aufbegehrens war: Es sollte die bessere Gesellschaft auch eine der Heiterkeit sein …

Daraus wurde nichts. Und Melancholie lenkt den Blick zurück. Es war der Aufstand der Nichtschwimmer gegen das Wasser. Ist das Wasser erst erledigt, gibt es keine Nichtschwimmer mehr …

Karlsruhe: Das Gegenprogramm

Nun also wieder im Badener Land. Nicht Heidelberg, sondern Karlsruhe. Der Unterschied ist, aller landschaftlichen Ähnlichkeit zum Trotz, beträchtlich. Zwar wurden beide Städte im Badischen Erbfolgekrieg 1689 erbarmungslos von den Franzosen des Vierzehnten Ludwig zerstört. Aber während Heidelbergs Wiederaufbau sich lässig einem gewissen städtebaulichen Wildwuchs überantwortete, dessen Folgen beitrugen zu seiner beharrlich behaupteten romantischen Idyllik, ging man in Karlsruhe an ein systematisches Planen und entwarf eine vom Schloss als dem Mittelpunkt ausgehende radiale und fächerförmige Stadtarchitektur. Dieser planende und die Neigung zu süddeutscher Barocküppigkeit nüchtern überlagernde Geist macht sich bis heute bemerkbar in der Atmosphäre und Stimmung der alten Residenzstadt. Die dem großen Baumeister Friedrich Weinbrenner einige kostbare Gebäude klassizistischen Stils verdankt und in der das Bundesverfassungsgericht neben vielen anderen hohen und höchsten Bundesanstalten und -behörden gut untergebracht ist.

Die Fridericiana, 1825 gegründete Technische Hochschule, verdiente sich hohe Reputation und erweiterte sich 1967 zu einer Universität, was – wie erwähnt – vor allem das Verdienst des hervorragenden Universitätspolitikers und Rektors Hans Rumpf war, der mit der milden Strenge seines naturwissenschaftlich-technischen Temperaments für einige Jahre auch die Präsidentschaft der Rektorenkonferenz wahrgenommen hatte.

Und nun hatte also auch die Altgermanistik ihren wenngleich bescheidenen Platz und ihre Chance an der Karlsruher Hochschule. Nicht nur geduldet, sondern willkommen. Zehn lange Jahre, die, um es kurz zu sagen, meinen Mitarbeitern und mir zum Gewinn wurden. Die Zahl der Studierenden war, verglichen mit unserem Berlin, gering und betrug insgesamt etwa 10 000. Entsprechend bescheiden die quantitativen Verhältnisse in der Neuen und Alten Germanistik. Wie in einem Lied aus alten Zeiten besuchten einige Dutzend Zuhörer das Kolleg, nahmen um die zwanzig Mitglieder an den Seminaren teil. Wir nutzten den freien Atem, und ich war stolz, in diesem Dezennium vier den verheißungsvollen Nachwuchs repräsentierende Wissenschaftler habilitieren zu dürfen: Dieter Kartschoke, Thomas Cramer, Rüdiger Krohn und Bernd Thum.

Ich selber, erst in Ettlingen, dann in Gernsbach im Murgtal und schließlich in Baden-Baden wohnend, konnte ein Buch über die Lyrik Wolframs von Eschenbach schreiben und zwei über das Werk Richard Wagners. Konnte überdies einen Teil meiner Arbeitskraft in das Goethe-Institut und sein Präsidium investieren, – und mich auch im Bereich des Privat-Persönlichen neu befestigen: im Jahre 1971 Monica geb. Plange heiratend. Die ich auf einem weinseligen Fest im Badischen Land im Sommer 1970 kennen gelernt hatte. Sie brachte zwei Kinder mit aus ihrer ersten Ehe und wurde seit jenem Tag Maß und Mitte meines Lebens, Ruhe wie Unruhe sinnreich spendend. Unsere Gemeinsamkeit zu schildern widerspräche als private und persönliche Geschichte der Konzeption dieser Erinnerungen. Was hier nicht gesagt werden kann und soll, möge sich erkennbar machen im Widmungstext dieser Erinnerungen (Bd. I, S. 4).

Gemäß seiner Entstehung und Funktion war der Sektor der Geisteswissenschaften klein an dieser Hochschule, und erst zögernd weitete er sich zu einer Fakultät. Von den Kollegen wuchs einer uns in ungewöhnlichem Maße ans Herz, nämlich der Historiker Walter Bußmann, aus den Unruhstürmen der Münchner Universität das ruhige Land in Karlsruhe anstrebend, – nicht anders als wir Berliner. Er war berühmt als Historiograph Preußens und insbesondere der Bismarck-Epoche, und er war, ganz alter Offizier und ganz alter Ordinarius, dennoch auf gewinnende Weise anders als seine Generations- und Fachgenossen. Nämlich bar aller Konventionalität, in freundschaftlicher Liebe denen hingegeben, die dieser Liebe würdig waren: Schülern und Gefährten, Assistenten und Kollegen. Von dieser sich unbefangen äußernden Leidenschaft zur Freundschaft profitierten wir über alles Maß, und Bußmanns Parole »Schampus!« steigerte so manchen geselligen Abend zu einem glorreichen Fest. Er hatte der Widerstandsgruppe gegen den Tyrannen angehört und war auf unfassliche Weise nach dem 20. Juli 1944 der Rachemaschinerie entkommen, – nun war er, Militär mit einem zivilen Herzen, entschlossen, das Leben zu genießen, wo immer es Genuss versprach. Darüber seine historiografische Verpflichtung nicht versäumend und der Wissenschaft nebst Forschungen zu Bismarcks Politik unter anderem ein schönes Buch über den preußischen Vierten Friedrich-Wilhelm schenkend.

Wenn ich festgestellt habe, dass es zur Eigenart und Wesenseigentümlichkeit der alten Universität gehörte, dass sie nicht nur Originale duldete, sondern sie geradezu hervorbrachte, so ist festzustellen, dass Bußmann dieser liebenswürdigen Traditions-Figur zumindest nahe kam. Er, der ehemalige Wehrmacht-Hauptmann und prominente Historiker, hegte in seiner Brust eine kindliche Seele. Die ihn in aller Offenheit berichten ließ von den seltsamen Frauenbegegnungen seines Lebens, von den skurrilen Parolen im Zirkel einer tiefenpsychologischen Gruppentherapie, – und röchelnd überdeckte sein vergnügtes Lachen die Unzulänglichkeiten dieser Welt. Wie sie sich auch offenbarten in dem Chaos, das seinen Schreibtisch umtürmte und nur ihm den Schlüssel vermachte, mit dessen Hilfe die Bücherberge auf dem Boden umschritten werden konnten. Auf das Rührendste aber bewegte uns seine innige Verbundenheit mit seinem Lehrer Kaehler, den sein Gedächtnis immer wieder in dankbarem Sohnesgefühl zum Leben erweckte. Die Kraft zur Dankbarkeit, – auch sie eine Eigenschaft der Alten, um die wir sie beneiden, sie bewundern sollten. Bußmann starb 1993.

Die geografische Nachbarschaft zu »der ländlich Schönsten« verdichtete überdies das alte, in den lästigen Berliner Stürmen bewährte Freundschaftsverhältnis zu Eberhard Lämmert, der den Heidelberger Lehrstuhl der Literaturwissenschaft neben Arthur Henkel übernommen hatte. Er und seine Frau Luise geb. Martini, beide ursprünglich in Bonn zu Hause, besuchten uns oft, und wir bewanderten fahrend das gast- und genussfreundliche Land um die Rheinebene bis ins Elsass hinein. Das kleine und bescheidene Gernsbach an der Murg blühte über einige Jahrzehnte hin dank den mäzenatischen kulturellen Ambitionen der Industriellenfamilie Hoesch, und so begrüßten wir denn nicht nur Luise und Eberhard Lämmert, sondern als vortragende Gäste auch Uwe Johnson wie Fritz J. Raddatz wie Max Frisch wie Martin Walser und Gabriele Wohmann, hörten ihnen zu und feierten mit ihnen die alte oder neue Gemeinsamkeit.

Bis Lämmert dann, meinen Schritt auf seine Weise vorausnehmend, wieder nach Berlin zog und er das so ehrenvolle wie lastenreiche Amt des Präsidenten der FU übernahm, – es ausübend so streng wie vernunftgelenkt und sich bewunderungswürdig behauptend gegen die ungebärdig sich äußernden Fraktionen der unterschiedlichen politischen Interessengruppen.

Diese Universität hat ihm viel zu danken, ohne ihm den gebührenden Dank je ausgerichtet zu haben. Als sie ihn wieder freiließ, profitierte von ihrem Verlust wieder die Wissenschaft, der Lämmert nunmehr als Autor wie als Präsident der Schiller-Gesellschaft und zeitweise des deutschen Germanistenverbandes souverän dienen konnte.

Wir beide haben an so manchem Ort der Welt (Berlin und Bonn und Heidelberg und Gernsbach und Princeton …) lange und so rede- wie weinreiche Abende und Nächte miteinander verbracht, und ich habe dankbar profitiert von Lämmerts kundiger Beschlagenheit im Bereich der Geschichte unseres Faches wie auf dem Felde der spekulativen Nachbardisziplinen, – schließlich auch auf dem irdenen Acker der Gesteine: denn es gehört die Petrographie zu seinen privat gehegten Leidenschaften. Der legendäre Münchner Germanistenkongress des Jahres 1966, der – nicht eben zu früh – das Fach konfrontierte mit seiner fatalen Geschichte im NS-Staat und ihren Repräsentanten und Ausschau hielt nach neuen Ufern, verdankt sich im Wesentlichen der Initiative Lämmerts (und den mit ihm verbundenen »Jungtürken«, wie Benno von Wiese sie nannte). Das Gelingen bleibt ihm treu dank seiner unbeirrbaren Überzeugung von der Richtigkeit und Gerechtigkeit seines Tuns. Ihm wie Luise Lämmert nach den vielen geografischen Umschweifungen auch räumlich wieder nahe zu sein zählt zu den Freuden unserer Berliner Spätphase.

Im späten Mittelalter dichtete ein urkundlich nicht fassbarer Mann seine Sangvers-Sprüche: Heinrich der Teichner. Und Eberhard Lämmert hat ihm seine Habilitationsschrift gewidmet, die 1970 als Buch erschien. Auch auf die Kunst der Meistersinger hatte der Teichner eingewirkt, also auch auf die Dichtung Hans Sachs', – zweihundert Jahre später. Mit dieser von sanfter Gewaltsamkeit nicht ganz freien Überleitung komme ich zu einem der wichtigsten Erlebnisse und Begebnisse während des hier zu behandelnden Zeitraums: zu Richard Wagner. Die Befassung mit seiner Kunst war ein »Erlebnis« im Diltheyschen Sinne, – lebensprägend also und ständig im rezipierenden Genießen das Verstehen fordernd.

Mein Wagner

Die Deutschen und ihr Wagner, eine unendliche Geschichte von Nietzsche über Thomas Mann und Adorno und Ernst Bloch bis zu Hans Mayer und weiter, – durch Dieter David Scholz in dialektischem Zugriff als »Ein deutsches Missverständnis« zusammengefasst (1997). Die bis ins Absurde getriebene Parteinahme für ihn und sein Werk, die bis ins Absurde getriebene Verurteilung von Person und Werk sind mittlerweile übergeglitten in Bahnen milderer Temperatur. Immer noch aber wird als »Wagnerianer« aufgespürt, wer sich mit ihm betrachtend und zuhörend, vor allem aber über ihn forschend befasst. Doch meine ich, diesen überholten Kampfbegriff reservieren zu müssen für alle jene, die auch heute noch dem Wahnfried-Wahn anhängen und die als Heilslehre und Erlösungsgewissheit kultisch verehren, was, lediglich als Kunst begriffen, an und in sich genügen kann. Der »Meister«, als welchen er sich selbst stilisierte, hat in einer Energieleistung, die in der Geschichte der Kunst einzigartig ist, sich als werkgewordene Person, als persongezeichnetes Werk zum Denkmal gemacht. Von ihm angelegt, von Cosima und den Ihren zur Glaubenslehre mit religiösem

Untergrund überhöht und zur säkularisierten Kirche geweiht.

»Neu-Bayreuth« hat mit diesem weihrauchsatten Zauber (Klingsor näher als Amfortas) ein Ende gemacht. Aber es bedurfte eines totalen Zusammenbruchs, um den Enkeln die Chance zu geben, »Neues zu schaffen«, und damit das Alte als das Eigentliche freizulegen.

Mein Weg nach Bayreuth war umwegreich. Der zehnjährige Knabe hatte, von der Mutter ins Opernhaus mitgenommen, den »Holländer« und den »Lohengrin« gehört und gesehen, – und das waren bewegende Erlebnisse. Mehr aber auch nicht, – und das heißt, der »Freischütz« und »Tiefland« machten ähnliche Wirkung, – mag sein auch »Zar und Zimmermann« und »Martha«, wie der Spielplan es grad lieferte, und sie wurden rezipiert im Kantschen Verstande als »ohnschuldige Sinnenlust«. Das galt dann schon nicht mehr für die großen Italiener, für Verdi vor allem, und nicht für Richard Strauss. Dabei ging es nicht um dessen silbrig lockenden, zärtlich verzuckerten »Rosenkavalier«, sondern um seine Eigentlichkeiten: die »Salome«, die »Frau ohne Schatten«, die »Arabella«. Womit in aufsteigender Linie auch die Bedeutung des Librettos angezeigt ist, das sich traditionsverhaftet einstmals zufrieden geben durfte mit der Vorführung der allseits gängigen Affekte und der Hoffnung auf ein *Lieto fine*. Das wurde anders mit Hofmannsthal.

Eines Tages indes war ich erwachsen genug, um

Wagner nicht mehr warten zu lassen. Der Auslöser dieses Vorgangs aber war ein Rundfunkmann, dem ich mit seinen eleganten Essays und Versen literarisch begegnet war, flüchtig begrüßt in der Gruppe 47. Dr. Wolfgang Buhl, Intendant des dem Bayerischen Rundfunk attachierten Senders Nürnberg.

Die würdige fränkische Stadt, von der Geschichte mannigfach versehrt und geschmückt, schuldete einem ihrer großen Mitbürger ein festliches Gedenken: Hans Sachs. Gestorben 1576, somit war im Jahre 1976 an seinen 400. Todestag zu erinnern.

Das sollte mittels eines Festvortrags geschehen, den zu halten Buhl mich einlud. Ich ließ ihn, für die Ehre dankend, wissen, dass im weiträumigen deutschen Liedersaal keine Stimme mich so wenig anrührte wie die des biederen Schusters und Meistersingers. »Meinem« Mittelalter nicht mehr angehörig und der neuen Zeit noch nicht teilhaftig, nach Stoff und Fantasie und Formvermögen angesiedelt außerhalb des Kreises meiner wissenschaftlichen und ästhetischen Interessen. Wohl aber, so ließ ich Buhl in einem erleuchteten Augenblick wissen, könne und wolle ich versuchen, Hans Sachs gerecht zu werden in der Brechung dieser Gestalt durch Wagner in seinen »Meistersingern«. Buhl stimmte komplikationslos zu, – und es wurde dann ein schönes Fest daraus mit ihm und seiner Frau und seinem Mitarbeiter Rainer Lindenmann und den vielen sich der sommerlichen Nacht freuenden Menschen.

Nun aber ließ dieser Wagner mich nicht mehr los.

Da war allererst die Figur dieses Sachs zu begreifen, der sich mit peinlich nationalpathetischen Tönen verabschiedet, – und der doch ein ganz anderer ist: nämlich ein Entsagender, der auf ein mögliches Liebesglück verzichtet um der Glückserfüllung anderer willen: des jungen Paares. Der möglichen Glückserfüllung. Weiter dann: Über das Motiv der »Verkauften Braut« war nachzudenken: so Evchen wie Isolde, so Senta wie Elsa, so auch inmitten des Spannungsgefüges der Ring-Tragödie schließlich Brünnhild. Ich hatte ursprünglich diese tastende Neigung hin zu Wagners Werk vor mir selbst begründet mit der unbestreitbaren Einsicht, dass unter allen, die das Mittelalter in die Neuzeit hineingetragen haben, unter den Dichtern und Historikern, den Malern und Baumeistern und Musikern nicht einer der Transporteure in solch mächtigem Maße gewirkt hat wie Wagner. Auf meine begrenzte Weise als Philologe war ich angetreten, ein Mittler des Mittelalters zu sein, – diese Bemühungen waren und blieben naturgemäß fragil und auswählend, nun hatte ich es zu tun mit dem, der für das 19. und 20. Jahrhundert das Mittelalter schlechthin repräsentierte. Ein Missverständnis, aber ein fruchtbares. Und seinen Ursprüngen und den Eigentümlichkeiten von Wagners Werk nahe zu kommen machte ich mich auf und schrieb in den Jahren seit 1976 die Seiten voll und füllte mit ihnen sechs Bücher und ungezählte Aufsätze und verglich Inszenierungen und konsultierte die in Punkt und Kontrapunkt sich offenbarende Familie und durfte nach etwa zwanzig Jahren der Meinung sein, den großen Tragiker Richard Wagner, den letzten in der Tradition abendländischer Dichtung, um einiges deutlicher gezeichnet und fasslicher vorgestellt zu haben, als das den schier grenzenlosen Bemühungen der klügsten und der gelehrtesten, aber auch der verwirrtesten und irrtumsfrohesten Köpfe der Kulturgeschichte über anderthalb Jahrhunderte hin gelungen war. Ihnen indessen beharrlich verpflichtet, – und es bleibt ja eines der Wagner-Mirakel, dass seit Nietzsche kein Großer im Geiste mehr an ihm vorübergehen konnte. In Verehrung und Verachtung, in Bewunderung und Abwehr.

Damit aber habe ich nur Stückwerk geleistet, vielmehr mich mit der Behandlung von Stückgut begnügt. Denn den Kosmos seiner Musik musste ich, begrenzter Kompetenz halber, anderen zur Analyse und Deutung überlassen, – allen voran dem souveränen Gelehrten Carl Dahlhaus, neben dem ich einige kollegiale Jahre an der Berliner Technischen Universität verbringen durfte, – und der so sinnlos früh verstarb (1989).

Wagners Musik angehend, der ich nie das letzte Wort streitig gemacht habe, so hat man, eines Versuchs ihrer präzisen Beschreibung nicht Herr werdend, ausweichend gern von der diffusen Wirkung einer ›Droge‹ geredet. Damit meinend, was aller Musik eigen, in der Wagners aber am intensivsten verwirklicht ist: die Vereinnahmung des Gefühls, ja dessen totale Bemächtigung jenseits aller rational kontrollierenden Kategorien durch den ins Innerste des Empfindungssystems dringenden Klang. Dem man, wenn man ihm mit Begriffen wie »Zauber« und »Rausch« nahe zu kommen sucht, kaum gerecht wird, – da er doch das Resultat eines virtuosen Ton-Setzertums ist, des Vermögens eines auf die Spitze getriebenen Raffinements der Instrumentationskunst, die jedem einzelnen Instrument gerecht wird, ihm seinen spezifischen Eigencharakter entlockend und im Ergebnis ihrer Gesamtheit das Einzelne wiederum vergessen machend. Und den Empfindenden transzendieren lässt in jene Zone, die höher ist denn alle Vernunft. Ferrucio Busoni, gewiss kein »Wagnerianer«, sagt es unübertrefflich in seiner *Ästhetik der Tonkunst* (1916): »Wagner, ein germanischer Riese, der im Orchesterklang den irdischen Horizont streifte, der die Ausdrucksform zwar steigerte, aber in ein System brachte (Musikdrama, Deklamation, Leitmotiv), ist durch die selbstgeschaffenen Grenzen nicht weiter steigerungsfähig.« Transzendenz also, und »System« gegen die irrationale Kategorie des »Rausches«. (Und amüsiert mag man zur Kenntnis nehmen, dass hier der elegante Romane aus Empoli und Wahl-Berliner, nach eigenem Wort ein »Anbeter der Form«, den Gnom aus dem Sächsischen einen »germanischen Riesen« nennt ...)

Dass Wagner unter den Deutschen – wie Nietzsche – ein widerspruchsreiches Missverständnis war, gilt uns als ausgemacht. Dass seine Kunst aber in spezifischem Sinne »deutsch« sei, in Gunst und Hass, begleitet als Behauptung seinen Nachruhm mit Rätselauflagen. Was »deutsch« sei, darüber hat er sich ja in großer und ihm eigener Ausführlichkeit geäußert (vor allem in der Schrift »Was ist deutsch?« von 1865), wie er denn immer und überall meinte, sich zu Worte melden zu müssen. Dabei läuft es doch letztlich darauf hinaus, dass all sein abundierendes Räsonnement, es gelte dem Vegetarismus oder der Vivisektion oder aber eben dem Deutsch-Begriff (womit wir wieder bei den »Meistersingern« und Hans Sachs wären), zu keiner Zeit und an keinem Ort je einen anderen Zielpunkt hatte als das eigene, das künstlerische Ich. Das Ich als Inbegriff der Kunst. Die Kunst wiederum als der Versuch, die Welt neu zu erschaffen, – was die Forderung einschloss, die alte zu zerstören. Das ist die Formel für seinen Nibelungenring, »Deutsches« wird die Vernunft aus ihm so wenig heraushören wie genuin Germanisches, seine mythische Welt war die der selbst erfundenen Götter und Dämonen und ganzen und halben Menschen, das mittelalterliche Gewand war nichts als Schale und Hülle, er hätte seine philosophische Kolossalinstallation auch mit Hilfe der Götter und Helden Griechenlands ausführen und aufführen können, – nur war eben diese Bühne schon durch die Alten reich besetzt.

Insofern ist die Plakatierung »Mittler des Mittelalters« nicht viel mehr als eine Außenformel, sie prätendiert eine andere Wahrheit als sie in sich birgt. Es geht nicht um »Richard Wagner und das Mittelalter«, es geht um *ihn* und *sein* Mittelalter. Was Hitler und die Seinen bewogen haben mag, sich seines grundtragisch-hoffnungswidrigen Konzepts mit penetranter Vehemenz anzunehmen, bleibt letztlich rätselhaft, – man kommt bei genauem Betracht zu keinem andern Schluss als dem: Sie haben ihn nicht verstanden. Es sei denn, es wäre ihrem Ideenrepertoire, wäre Hitler seit seinem spätpubertären »Rienzi«-Erlebnis (Linz 1907) als Grundmuster des wahnhaften Welteroberungsanspruchs von allem Anfang an die wütende Sehnsucht nach Selbstzerstörung, die schaurige Lust zum totalen Tode im Flammenbrand eingeschrieben gewesen. Was wiederum zu der hilflosen Frage führt, ob dieser dunkle Trieb zur Selbstaufhebung »typisch deutsch« sei.

Es war 1980 am abendlichen Tisch in unserer Charlottenburger Wohnung, dass wir diese Fragen und angrenzende erörterten mit Syberberg und der unvergessenen Susan Sontag. Ich, Wolfram von Eschenbach und seinem Parzival herzlicher zugetan als dem Parsifal Wagners, erlaubte mir den inszenatorischen Hinweis: es sei denn doch der »Parsifal« mit seinen nahezu fünf Stunden reiner Aufführungsdauer ein wenig zu lang, – und provozierte einen vesuvischen Ausbruch Susan Sontags: »The Parsifal is much too short ...!«

In Bayreuth aber ist in der Tat keine Stunde zu lang. Dieses freundliche Städtchen inmitten einer sehr deutschen Landschaft (hier kann man die heikle Prädikatisierung getrost wagen) wird einmal im Jahr für dreißig Tage zu einem Weltmittelpunkt. Sein Weichbild betretend, beflügelt sich der Schritt, erhellt sich der Sinn, verklärt sich der Geist, man ist Bürger eines Musenstaates und jeder ist dem andern wohlgesonnen. In dieser sich in spröder Schlichtheit ausbreitenden Landschaft, in dieser bescheidenen kunstliebenden Residenzstadt mit rokokofeinem Opernhaus und Schloss und Park gedeiht nicht, was andernorts zur Festspielzeit abgleitet in die selbstgenügsame Prunkfeier der »Gala«. Man ist in Bayreuth ganz eingewoben in das jeweilige Tagesthema, die Gäste freuen sich ihrer Abendkleidung, aber sie wollen mit ihr nicht Sensation machen, der freie Morgen gehört der Wiederbegegnung mit dem Textbuch, der Nachmittag setzt ein mit dem langen Weg hinauf zum Grünen Hügel, zum Festspielhaus, das der Herr des Geschehens hat maßfertigen lassen für seine Kunst. Und so ist es: Jenseits der sich anbietenden Formeln und Bilder sucht die Sprache vergebens nach der Möglichkeit, wiederzugeben, was sich in dem Besucher ereignet, wenn im amphitheatralischen Innenraum die Leuchten matt werden und dunkel dann und das Haus, dieses mächtige Holzcorpus, vibriert in atemloser Stille, – bis sich der Klang erhebt aus dem (allzu oft zitierten) »mystischen Abgrund«, – der Klang, der nur hier erklingt und nur diesem Haus und seinem Herrn und Werk eigen ist. Da wird alles Wagnerianertum, wird die weihrauchgeschwängerte Kultgebärde zu einer freundlichen Gleichgültigkeit und verbleicht vor der innigen Leuchtkraft des Werks. Das an diesem Ort ursprünglich musterhaft aufgeführt wurde, heute kann man künstlerisch glanzvollere Aufführungen in anderen Opernhäusern erleben, – aber nur hier gibt es die Weihe des Authentischen, die auch das Mittelmaß über sich selbst hinaushebt.

Einem besonderen Reiz sind überdies die Generalproben verpflichtet, und wer Glück hat, von Gudrun und Wolfgang Wagner zu ihnen eingeladen zu werden, der erlebt hier ohne Smoking und Abendkleid die erste Reaktion der Kenner und Experten, der professionellen Kritiker, der Künstler-Kollegen, und die der wahren Vertrauten: der Zimmerwirtinnen und der Angehörigen der Musiker und der Gaststättenwirte, – und da kann man den Gesprächsfetzen der Pause entnehmen, »was für einen *Wälse* der drauf hatte«, der James King nämlich …

Es war im Sommer des Jahres 1986. Der Deutsche Akademische Austauschdienst hatte zu einer Literarischen Tagung nach Florenz eingeladen. Unter den Rednern auch Jürgen Habermas, er sprach über Heine, das mir anvertraute Thema habe ich vergessen. Da kam die lähmende Nachricht vom Reaktorunglück in Tschernobyl über uns, – und ein jeder machte sich seine Gedanken und mehr. Wir wohnten mit Habermas und seiner Frau im gleichen Hotel und hörten, wie sie ihre Haushälterin daheim mahnten, die Katze nicht in den Garten zu lassen, damit sie sich nicht vergiftete durch den Kontakt mit dem kontaminierten Gras.

Ein Vorgang, der nicht vergessen sein sollte und

mich zu einem aus dem Innersten hervordrängenden Bekenntnis ermutigte, spätabends an der Bar. Und zwar gestand ich, es habe mich in meinem Erlebnisraum nichts nachhaltiger belehrt und tiefer bewegt als das Wesen von Wagners Werk – und das Wesen von Katzen. Es vergingen vierundzwanzig Stunden, und wieder saßen wir an der Bar, da äußerte sich Habermas wie folgt: »Herr Wapnewski, es wäre der Reifung und Ausstattung Ihres inneren Erlebnisraums sehr zugute gekommen, wenn Sie sich beschränkt hätten auf die Belehrung durch Katzen.«

Hier irrte Habermas.

Ein so beliebtes wie müßiges Unterfangen: die Festspiele gegeneinander auszuspielen, – vor allem, versteht sich, die in der Wertordnung Ersten: Bayreuth und Salzburg. Ich nähme noch Ansbach hinzu, – und hatte für meinen Bedarf Glücks genug mit ihnen dreien.

Übrigens hilft die Beschränkung. Wo es nur um Bach geht und nur um Wagner, mag noch so viel »Innovation« angekündigt sein, es bleibt doch die Konzentration der thematischen Eingrenzung. Und hilfreich ist in Bayreuth auch eine gewisse durch die Landschaft und ihre historische Tradition bedingte Provinzialität. Ganz anders Salzburg, das in all seinem gesellschaftlichen Glanz doch gefährdet ist durch die wechselnden Launen der sich auf dem Weg über die Finanzierung eigenwillig einmischenden politischen Obrigkeit; sowie durch die Not, kein konsistentes Ideenkonzept zu haben, das sich identifiziert mit den Festwochen. Die allein vom »Jedermann« und von Mozart und von Strauss nicht leben können. Die Geschichte von Stadt und Territorium verantworten es, dass diese Festspiele »offen« sind, – das ist ihre Bedrohung wie ihr Charme. Dessen Welt- und Geschichtshaltigkeit ich mit Hilfe eines schlichten Briefes inne wurde. Das war zu den Osterfestspielen 1999. Abbado dirigierte, die Berliner Philharmoniker spielten den »Tristan«, die Inszenierung durch Klaus Michael Grüber verblasste hinter dem – hier greife auch ich nach dem Hilfsbegriff – *Wunder* der Musik, der Abbado die letzten verschwebenden Zaubertöne entlockte, bis höchste Lust sich im Unbewussten auflöste. Der Intendant der Philharmoniker Elmar Weingarten hatte mir den einführend-begleitenden Vortrag anvertraut über den Tristan-Stoff im Mittelalter, so war ich aus der passiven Rolle des Gastes herausgewachsen in die des Teilhabenden, ja Mitwirkenden. Was mir aufs Liebenswürdigste demonstriert wurde durch den Willkomm im Hotel. Es erwartete mich eine Flasche Champagner, eisgekühlt, das war schon verheißungsvoll. Aber seine Nobilitierung erhielt der »Krug« durch die beigefügten Zeilen der Festspielleitung, die mich ermunterten, unter der angegebenen Handynummer anzurufen, wofern ich irgend Fragen hätte. Diese »freundlichen Grüße« aber waren unterschrieben – man liest es zwei Mal und traut dem Auge nicht –: »Ihre Camilla Habsburg-Lothringen«. Da reißt die Szene auf, die Weltgeschichte bemächtigt sich des einsamen Gastes, plötzlich ist die Casa d'Austria seine Gastgeberin, vage Erinnerungen kreuzen das Gedächtnis, Maria Theresias kaiserlicher Gatte Franz I. war ja Herzog von Lothringen, und spanische Provinzen erblühen und fallen ab und ganz Europa bietet sich dar in den Schnüren eines Netzes von dynastischen Verflechtungen. Und Türkenkriege, und pragmatische Sanktion und hispanische Mönche wölben sich domgleich über den verwirrten Gedächtnispfaden, – und siehe, der nächste Tag bringt die erwünschte persönliche Bekanntschaft, und da steht man nun einer jungen Frau gegenüber, die wahrhaftig die Urenkelin des Herzogs der Toskana ist und deren Tenue sich ausweist durch jene unbefangene, fragile Höflichkeit, die in der Kultur der Form aufbewahrt ist und die nie lernt, der sie lernen *will* …

Wagner also, er hat unser Leben wesentlich verändert, Monica und ich verdanken ihm ungezählte Abende in den Opernhäusern der Welt, vor allem natürlich Bayreuths. Wir verdanken ihm ungezählte Begegnungen mit Menschen, die uns wichtig wurden. Vor allem mit den Wieland-Töchtern Daphne und Nike, und mit Nike verbindet uns eine der wesentlichen Lebensfreundschaften. Sie hat, als die Großmut der TU Berlin mich mit der Würde eines Ehrensenators bedachte und ihr die Laudatio anvertraute, mich durch ihre Rede bis zur Unkenntlichkeit erhoben und mich begreifen lassen, dass nur der Lorbeerbaum selber die Grazie hat, den anderen mit dem Lorbeerzweig zu schmücken … Sie – nebst ihrer

Schwester Daphne – gibt des großen Hauses rühmenswertes Teil weiter; und macht nicht etwa vergessen, wohl aber ertragen, was dem Namen an Widrigem anhaftet. Nunmehr leitet sie schon im dritten Jahr das »Kunstfest Weimar« und huldigt ihrem Ur-Urgroßvater mittels des dem Musikprogramm verliehenen Titels »pèlerinages« (der sich dem Klavierzyklus Franz Liszts verdankt). Sie macht Kultur? Ja, denn sie ist Kultur.

Mit der Wagner-Welt in mir und um mich könnte ich erzählend wohl mehr als ein Buch füllen. Das geht hier nicht an, der ich nicht ein individuelles Leben, sondern die Zeit beschreiben will, die ein Mensch auf seine Weise erlebte. Mit diesem Gedanken ist auch ein Abschied winkender Gruß verbunden an zwei bedeutende Wagner-Regisseure, deren Arbeiten ich oft begleitet habe: Götz Friedrich in Berlin. Und August Everding in München. Nachtrauernd dem einen wie dem anderen.

Everding war ganz und gar ein Mann des Theaters, die Einübung der Rollen war ihm ein Naturbedürfnis, midasgleich verwandelte er, was er berührte, in das Gold des Maskenspiels. Seine tätige Liebe galt der Oper, und in der berühmten Unmöglichkeit dieser Kunstform schuf er das Mögliche: die Kaskaden der üppig sprudelnden Spiel-Lust auffangend im Becken des Maßes und der Ordnung. Seine Inszenierungen waren nie das die bizarre Willkür des Spielleiters verherrlichende »Event«, und schnellfertige Kritik an seinem Wirken ahnte nicht, wie innig man sich später in der entfesselten Regietheater-Phase zurücksehnen würde in die stabilisierte Harmonie seiner Entwürfe.

Ein Mann des Theaters ganz und gar, – und ein Glückskind des Daseins, das Leben so liebend wie von ihm geliebt. Die Dinge allemal ernster nehmend als sich selbst, voll des Witzes und jenes Humors, der das Mittel ist, die Unzulänglichkeit dieser Welt zu erkennen, – und sie zu ertragen. Auch anderen zum Ertragen verhelfend. Im Innersten – nicht anders als seine Frau, die Ärztin Gustava, und seine Kinder – von tiefem religiös verankertem Ernst geprägt.

Er beherrschte, genussfroh und daseinsfreudig, die größte aller Lebenskünste: die das Leben überwindende. Ich habe ihn in seiner letzten Phase viele Male erlebt, als die tückische Krankheit ihn schrittweis von innen aushöhlte. Man konnte von ihm lernen, was eine schwarze Gattung mittelalterlicher Literatur lehrte: die *Ars moriendi.* Er ging den letzten Weg ohne jegliche Klage, ohne irgendeine Mitleid heischende Gebärde. Er ging ihn so tapfer wie gefasst, getreu bis in den Tod …

Es kennzeichnet den wahren Theatermann, dass er nicht eine Rolle spielt, sondern dass er seine eigene Rolle ist. Identisch mit ihr. Extemporierend, das heißt aus dem jeweiligen Augenblick reagierend, – und zwar richtig.

Ein Beispiel nur von ungezählten: Fernsehinterview. Thema: Nutzen und Schaden des ins Deutsche übersetzten fremdsprachigen Opernlibrettos. Großer Aufwand, einschlägige Literatur war ausgesandt worden an die übrigen Teilnehmer schon Wochen zuvor. Am ausgemachten Ort zur ausgemachten Stunde bauten sich auf: Kamera und Ton und Aufnahmeleiter und Maske und Gesprächsleiter. Mit wenigen Minuten Verspätung erschien Everding, im flatternden Havelock. Ich öffnete ihm die Tür, – und der Grußformel schickte er stoßatmend die Frage voraus: »Worum geht's?« …

Worum es auch immer gegangen sein mag, es ging gut.

Der Notenschlüssel

Reichen Ersatz – aber eben Ersatz – für meine in der Kunst der Umsetzung defiziente Liebe zur Musik und mein Gefühl des Ungenügens gegenüber ihrer Auf- und Vorführung schenkte mir über ein Jahrzehnt hin der Südwestfunk, der auf Betreiben seines Fernsehdirektors Felix Schmidt eine nur der Musik (die sich prinzipiell ja dem optischen Medium Fernsehen verweigert) gewidmete Reihe konzipiert hatte: »Notenschlüssel« geheißen. Da habe ich unter der kompetenten Anleitung des Redakteurs Bernhard Pfister wohl an die hundert Sendungen bestreiten dürfen im Gespräch mit den Meistern der musikalischen Künste. Auf diese Weise durch die geografische und künstlerische Welt reisend und das Glück nachhaltiger Begegnung erlebend im Umgang mit Aloys Kontarsky und Gidon Kremer und Pierre Boulez und Rolf Liebermann und Giuseppe Sinopoli und Michael Gielen; und Regisseuren wie August Everding und Götz Friedrich und Peter Mussbach und Jean-Pierre Ponnelle und Harry Kupfer; und Sängern wie Dietrich Fischer-Dieskau und Hermann Prey, – und der wunderbaren Katarina Ligendza (meiner Lieblings-Isolde), die auf dem Höhepunkt ihrer

Karriere zurücktrat, leise und ohne jegliche Versuchung, aus ihrem Abschied ein Spektakel zu machen.

So traf ich auch zusammen mit Nikolaus Harnoncourt und Jürgen Flimm, dem seit dem Monteverdi-Zyklus so erfolgreich inszenierenden Künstlerduo, dessen Korrespondenz sich vielleicht erklärt aus dem Einklang ihrer Gegensätzlichkeiten, einer Concordia discors: der Verbindung des altadeligen Musikers, stammend aus der österreichischen musikträchtigen Kulturtradition, mit der spielfreudigen Handfestigkeit rheinischen Diesseitssinnes. Es ging um eine Inszenierung von »Così fan tutte«, und wir waren uns sehr bald einig in der Erkenntnis, dass dieses sich als *giocoso* vor- und verstellende *Dramma* das traurigste ist unter den Da Ponte-Mozart-Werken, eine Geschichte von der verfehlten und vertanen Liebe, die Szene spannte ein schwarzes Segel über das scheinbare *Lieto fine*. Das war in den siebziger Jahren in Amsterdam, es spielte das Conzertgebouw Orchester.

In Amsterdam war es auch, wo ich Peter Greenaway kennen lernte und die irisierenden Farben seiner kaleidoskopartig wechselnden Film- und Theater- und Bild- und Musik-Kunst im Gespräch zu verstehen versuchte. – Des Weiteren: Auf Europas letzten Inselriffen im schottländischen Norden suchten wir Peter Maxwell Davis heim, von Wogen und Möwen umspielt …

Wir besuchten auch das »Festival di Due Mondi« des greisen Gian Carlo Menotti in Spoleto, der wie ein Fürst gefeiert, aber eben auch geliebt wurde von der Grafschaft seiner Gemeinde. Im Zauber seines Gartenparks, dem nächtlichen, erlebten wir die fackelflackernde Unwirklichkeit eines wirklichen Gaukelspiels, der Nachtwind strich über die Zauberpracht von Tönen und Farben, die Natur spielte das Spiel mit und die Zypressen und Oleander und Kamelien neigten sich vor dem Herrn dieser Herrlichkeit und seiner Gärten.

Mit manchen aus dieser Künstlergesellenschar gab es dann später auch wohl ein Wiedersehen im Wissenschaftskolleg, so mit dem chevaleresken, also keinem Turnierkampf ausweichenden Gérard Mortier. Und mit dem sich knäbisch gebärdenden und doch so fantastisch-sensiblen Regisseur Peter Sellars.

»Goethe«

Es war in dieser zehnjährigen Karlsruher Phase auch die Möglichkeit, sich dem zu widmen, was mit einem von Peinlichkeit nicht freien Nebenklang »Management« heißt: nämlich der Kultur- und Wissenschaftspolitik. In dem hochkomplizierten Gebilde einer demokratisch gegliederten Gesellschaft und ihrer partikularen Egoismen kann weder die Kultur noch die Wissenschaft gedeihen ohne die ordnende Hand, die der Politik das ihre gibt und sorgt, dass sie nicht zu viel nimmt, das heißt die garantierte Autonomie dieser kulturfördernden Organisationen schützt und stärkt.

Da ist das Goethe-Institut, landläufig nur »Goethe« genannt. Seinem Präsidium habe ich ein Vierteljahrhundert als Vize-Präsident angehört und versucht, seiner großen Aufgabe in ungezählten Sitzungen beratend nützlich zu sein. Überdies bestrebt, in Reisen über alle Erdteile die Idee und die praktische Arbeit des Instituts zu vertreten, zu rechtfertigen und zu stärken.

Über drei Wahlperioden, das heißt über zwölf Jahre hin habe ich neben dem Präsidenten Klaus von Bismarck gestanden und seine Redlichkeit und Entschiedenheit zu achten gelernt. Das Erbe des alten Landadels und der preußischen Offiziersehre wurde durch seine Beharrlichkeit und Festigkeit beglaubigt, die ihn in schwierigen Phasen seiner Präsidentschaft lenkten und ihm die Sicherheit gaben, sich gegenüber dem Übermut der Ämter zu behaupten. Sein Nach-Nachfolger Hilmar Hoffmann, legendär sein Ruhm und Ruf als Kulturreferent der Stadt Frankfurt am Main, ging wie der Sturmwind über die mit Hindernissen reich bestückte Landschaft des kulturpolitischen Parcours. Er brauchte keine Türen einzutreten, sie öffneten sich von selbst, wenn sie sein Kommen spürten. Die Einschränkung der finanziellen Mittel, unter denen seine Amtszeit zu leiden hatte, kompensierte er nach Kräften durch seine nahezu magische Fähigkeit, Sponsoren zu gewinnen und erhebliche Geldmittel aus deren Füllhorn dem Institut zukommen zu lassen. Das Geheimnis seines Erfolgs war der treue unverbrüchliche Glaube an sich selbst und sein Glück. Ich habe mich bemüht, ihm hilfreich zur Seite zu stehen inmitten von Turbulenzen, wie sie auch innerhalb des Instituts nicht ausbleiben konnten, wenn man bedenkt, dass »Goethe« zeitweilig über 4000 bis 5000 Mitarbeiter zählte.

Kultur zu betreiben in staatlichem Auftrag; Kultur darzustellen ohne prahlende Geste, – und oft fern dem Mutterhaus in fremdem Land: Das erzeugte mannigfache Schwierigkeiten und rührte auch an die Bereiche von Stil und Geschmack, – Probleme, denen gerecht zu werden Vorstand und Präsidium sich redlich bemühten, ohne aber immer die Zufriedenheit aller ernten zu können. Ich persönlich habe Hilmar Hoffmann vor allem das eminente Maß an Fairness zu danken, das sein Denken und Handeln auch mir gegenüber regierte, und die stete impulsive Herzlichkeit, die er mir über Stock und Stein entgegenbrachte. Und wenn in einem Rathaus-Saal ihm das Goldene Buch der Stadt aufgedrängt wurde zum Eintrag des Namens, wich er nicht, bevor nicht auch ich – ungerufen – meinen Namen dazusetzte.

Der Verfassungsrechtler Wilhelm Kewenig war schon jung von seiner Kieler Universität zum Rektor gewählt worden. Als solchen lernte ich ihn 1974 kennen anlässlich einer pittoresken Dienstreise durch Brasilien. Die uns wenig von Land und Leuten erfahren ließ, weil wir von einer offiziellen Instanz zur anderen befördert wurden mittels air-conditiongekühlter Limousinen im Auftrag auswärtiger Kulturpolitik. Kewenigs Bedeutung später als Vorsitzender des Wissenschaftsrats und als Wissenschaft- und Kultursenator Berlins erklärt sich auch aus dem Umstand, dass er Autorität ausstrahlte, ohne sich je autoritär zu gebärden. Seine Erscheinungsform war eher zart und fragil und von einer stillen, in sich zurückgenommenen Vornehmheit, – die ihn nicht hinderte, hart und entschieden zu argumentieren und zu bestimmen auf dem Felde, für das ihm Verantwortung anvertraut war. Seine Souveränität verhinderte auch, dass er parteipolitisch handelte, wo überparteiliches politisches Handeln notwendig und angemessen war. Über die Gemeinsamkeit im Wissenschaftsrat wurden wir zu Freunden, und diese Freundschaft bewährte sich folgenreich in der Zeit, als ich, Rektor des neu gegründeten Wissenschaftskollegs zu Berlin, in allem Tun und Lassen angewiesen war letztlich auf das Wohlwollen meines zuständigen Senators. Und das war über die wichtigsten Jahre hin Wilhelm Kewenig.

Er konnte politisch handeln und denken, ohne doch ein Berufspolitiker zu sein. So zog er sich dann zurück in die Jurisprudenz als Wissenschaft und praktische Vernunft und arbeitete als Rechtsanwalt in Frankfurt am Main. Noch nicht 60 Jahre alt, ist er gestorben, plötzlich sich und seinen Freunden entgleitend, nach wie vor nicht begreiflich.

Die Lehrjahre indessen, deren Schule mich zu »Goethe« und zum Wissenschaftsrat führte, verdanke ich dem DAAD (Deutscher Akademischer Austauschdienst). Eine Organisation unserer Universitäten, die deren Außenbeziehungen wahrnimmt, insbesondere durch den Austausch von Professoren und die Entsendung von Lektoren. Im Jahre 1970 war ich aufgestellt worden als Kandidat für die Präsidentschaft durch die Vorschläge des Auswärtigen Amtes und der Rektorenkonferenz. Ich unterlag in dieser Wahl dem zwölf Jahre jüngeren Romanisten Hansgert Schulte, der sich innerhalb des DAAD schon hoch verdient gemacht hatte als dessen Emissär in Paris.

Es hätte sich diese Konstellation als eine der Rivalität und der Enttäuschung auf der einen, des Triumphes auf der anderen Seite peinlich auswirken können. Es kam zum Gegenteil, Schulte und ich wurden ein brüderliches Paar, und ich habe als sein Vizepräsident dem DAAD sechs Jahre gedient. Auf solche Weise lernend, was Kulturpolitik vermag und wo ihre Grenzen sind. Schulte lenkte dieses hochkomplizierte Gremium über viele Jahre mit leicht scheinender und doch entschieden prägender Hand und kehrte schließlich auf seine Professur an der Sorbonne zurück, – vielen seiner Bonner Mitarbeiter nach wie vor schmerzlich fehlend. Hansgert Schulte ist ein lebensdankbarer Mensch, und dieses daseinszugewandte Temperament war eine glückliche Voraussetzung für unser jahrelanges Miteinander im Dienste unserer Universitäten und ihrer Außenwirkung.

Die Gruppe 47

Immer noch kann man gelegentlich lesen, es sei dieser oder jener ihr »Mitglied« gewesen. Sie hatte keine Mitglieder, sie hatte nur ein Zentrum, und das war Hans Werner Richter. Meine erste, allerdings sehr indirekte Begegnung mit ihm geht zurück auf das Jahr 1947.

Im April dieses Jahres erscheint das sechzehnte Heft einer Zeitschrift, die sich im Untertitel nennt: »Unabhängige Blätter der jungen Generation«. Es handelt sich um ein ursprünglich im britischen Kriegsgefangenenlager entstandenes Organ: den »Ruf«, den Richter zusammen mit Alfred Andersch herausgab mit dem erklärten Ziel, Sozialismus und Demokratie über das Instrument des literarischen Wortes zu einer politischen Wirklichkeit in Deutschland zu machen. Die unabhängigen Blätter erwiesen sich als allzu unabhängig, die amerikanische Militärregierung stellte sie bloß in ihrer Abhängigkeit, verbot das weitere Erscheinen: nach acht Monaten war Hans Werner Richter wieder ein »Geschlagener«.

Dieses letzte Heft aber zeichnet sich durch eine Kuriosität aus. Es nennt im Impressum einen Beiträger, von dem sich auf keiner Seite auch nur eine

Zeile findet. Was seine Erklärung darin hat, dass eben jener Raum, der für den Abdruck seiner Gedichte vorgesehen war, in letzter Minute einen anderen Text bringen musste, nämlich den der erzwungenen Abkündigung. Das Impressum mit seinem, auch meinem Namen aber widerstand dem trostlosen Abgesang und blieb, wie es zuvor gesetzt war.

Es handelt sich um meine frühe und – wie ich bald einsah – sehr entbehrliche Lyrik, die auf solche Weise der Willkür der Herrschenden zum Opfer fiel. Es sei ihnen gedankt, wer weiß, welch fatale Versuchung vielleicht ausgegangen wäre von einem unvermuteten Erfolgserlebnis …

Hans Werner Richter jedenfalls lud auf seinen legendären Postkarten nach eigenem Belieben den oder die zu den Tagungen ein, die ihm gefielen. Zu diesem Kreis gehörte ich spät erst und war als Mittelalter-Germanist eher eine Randfigur. Die erste Tagung, an der ich teilnahm, war auch die letzte: Jene berühmt-berüchtigte des Jahres 1967 in der »Pulvermühle«, hier traf ich auf Augstein und seine schöne, weder erste noch letzte Frau Maria (süperbe Übersetzerin unter dem Mädchennamen Carlsson) und auf Raddatz und Reich-Ranicki und auf Lenz und Walser und Joachim Kaiser und Gabriele Wohmann und Hildesheimer und viele, die der lebhaften Erinnerung und mehr als bloßer Erwähnung wert sind. Aus mancher dieser Begegnungen erwuchsen Freundschaften, – am intensivsten die mit Reinhard und Hille Baumgart und mit Fritz Raddatz. In Baumgarts

Lebenserinnerungen (*Damals*, 2004) kann man über die Gruppe und ihre Zusammenkünfte Genaueres erfahren, als ich zu liefern vermag. Den Zutritt übrigens verdanke ich Reinhard Lettau, dem schon im Harvard-Kapitel rühmlich erwähnten. Inzwischen war er zu einem geachteten, bewunderten und geliebten Schriftsteller avanciert, sehr eigenwillig und eigenartig, und seine souverän mit dem Umbau der Wirklichkeit befassten Erzählungen waren angesiedelt zwischen Kafka, Hildesheimer und Herzmanovsky-Orlando. Ähnlich seinen poetischen Spielfiguren waren auch seine sich in skurrilen Aktionen offenbarenden politischen Leidenschaften. Die Pulvermühlen-Tagung lief aus, wie die Tradition es befahl, in einem bacchantischen Tanzfest, und inmitten der Tanzfläche immer wieder Lettau, verzückt den Beatles-Song singend: »All you need is love …« Womit er ja nicht Unrecht hatte. Als wir ihn zu Grabe trugen (1996 in Berlin), taten wir es im Bewusstsein unserer weiterlebenden dankbaren und liebevollen Erinnerungen. Darunter unser Besuch 1972 bei ihm in La Jolla, als er Professor war an der University of California (San Diego). Die Wäsche der Gästebetten roch noch stark nach dem Gast der vor uns war, nämlich Ferlinghetti, und das meint nach Haschwolken. Wir konnten damals Lettau gerade freudig gratulieren zu seiner Entlassung aus dem Gefängnis, in das man ihn gesteckt hatte, weil er einem auf dem Universitätscampus für den Eintritt in die Armee werbenden Captain die Mütze vom Kopf gefegt hatte.

Leider war dieser Offizier zufällig ein Schwarzer. Lettau brachte uns dort auch zusammen mit Herbert Marcuse, der gleich ihm in San Diego lehrte, und auf weiten Spaziergängen am Meeresufer lernten wir einen milden und klugen alten Herren kennen, dessen Glut damals – wenige Jahre vor seinem Tod 1979 – nicht von politischem Umsturzwillen und dessen theoretischem Überbau und praktischem Unterbau schwelte, sondern der uns nahe kam in langen Gesprächen über Thomas Mann und den deutschen Bildungsroman und seine Vorstufen in der Literatur des Mittelalters; und über das Deutsche in der Fremde.

Noch einmal zur Gruppe 47: Nach dem Muster der Olympischen Spiele verkündete Richter zum Ende der Konferenz jeweils den Tagungsort des nächsten Jahres: Das sollte 1968 Prag sein. Die Russen kamen ihm und uns zuvor, – und da Richter sich an sein das freie Prag wählende Wort hielt und die Okkupanten die Tschechoslowakei nicht räumten über die Jahre hin, gab es auch keine Gruppe 47 mehr. So will es die Legende, – die Wahrheit kennt eine andere Erinnerung. Der alteingekerbten Gewohnheit im Banne einer sammelnden Energie folgend, scharrte Richter doch immer wieder die alten und auch neueren Gesellen um sich, zuweilen in seinem Lieblingshotel in Saulgau, allermeist aber im Fischerhaus, Erdener- Ecke Gneist-Straße, Berlin-Grunewald. Das alte herrschaftliche Haus also des großen Verlegers Samuel Fischer, darin die literarischen Koryphäen der Jahrzehnte vor Hitler ein und aus gegangen waren. Nun hatte der Senat Richter und seine Frau Toni dort einlogiert, und beide führten, nach Richters Worten, »einen literarisch-politischen Salon in Verbindung mit dem Sender Freies Berlin (...), in dem Politiker und Schriftsteller sich treffen, sich kennen lernen und sich auseinander setzen konnten«.

Ungezählte Male haben wir uns getroffen in dem Haus und in dem großen Garten und ohne »Gruppe 47« Gruppentagung gespielt. Und Kempowski und Johnson gerieten in Hader, weil sie sich – was Wunder – über den Literaturbegriff nicht einigen konnten, und Grass bereitete Kutteln und Rebhühner auf Linsen und der Alkohol floss, und einmal brachte Grass einen jungen polnischen Freund mit, er hieß wirklich Antek, und er kam auf mich zu und klagte bitterlich. Als ich ihn fragte nach dem Grund seiner Traurigkeit, gestand er: »Ihr Deutschen, ihr könnt nicht Feste feiern.« Das wunderte mich, und also stieß ich nach und wollte wissen, was fehle und was denn ein wirkliches Fest ausmache. Darauf schenkte er mir die unvergessene Belehrung: »Bei uns: Männer saufen, Weiber heulen ...!«

Die Versuchung ist groß, dem episodischen Detail und der abenteuerlichen Anekdote den Rang des Exemplarischen einzuräumen und zu berichten von diesen Abenden, die an der Bar begannen und an der Bar endeten, und dazwischen die Aufnahme der jeweiligen literarischen Sendung und anschließend der von Toni und dienstwillig-liebenswürdigen Marketenderinnen reich bereitete ovale Tisch, und wenn es ihm gar zu ausufernd-spät wurde, dann suchte (und fand) der Hausherr sein Bett. Zu schweigen von den Festen und Feiern und den barocken Tafelfreuden, den runden Geburtstagen, Ersten-Mai-Feier-Tänzen, und einmal gab es sogar eine Hochzeit. Nämlich die von Renate und Walter Höllerer.

Ein Ferment der Komposition. Ich will HWR's ebenso entschieden wie human geübte Kunst der Menschenkreisbildung, die schwerlich (oder jedenfalls schwer) zu definieren ist, nahe zu kommen suchen, indem ich einen Analogiefall der Literaturgeschichte bemühe. Ich versuche, eine Analogie der »Gruppe« und ihres Zentrums zu der Tafelrunde des Königs Artus zu entdecken:

Ein Kreis begünstigter Persönlichkeiten, die ausgezeichnet sind und gezeichnet durch Leistung und Mut. Ein Kreis, der fest ist, aber wechselnd, und dessen Namen sich ändern. Der keine fixierte Verfassung hat und keinen nach Paragrafen und Satzung regierenden Monarchen. Der sich reguliert in der festen und leisen Choreografie ungeschriebener und präzis befolgter Gesetze. Der seine Struktur und seine Dignität bezieht aus der Anheimgabe aller an den einen.

An dieser Table Ronde sind alle *pares*, doch einer ist der Erste, ist Nabe des Rades, Mitte aller Bezüge und Festigungspunkt aller Streben.

Wollte man einen Namen finden, der diese Energie und ihre ritualisierende, ordnende, gliedernde und stimulierende Kraft bezeichnet, so gibt es dafür den

Begriff der *auctoritas*. Eben nicht den einer Autorität, die sich der Anmaßung und Willkür verdankt. Diese Autorität ist ganz einfach da, einfach in ihrer Auswirkung, nicht gefürchtet, nicht belacht, unbezweifelt, von gänzlicher Fraglosigkeit. Und ob er es nun wahrhaben will oder nicht, es ist in Hans Werner Richter etwas von richterlicher Würde, sie teilt sich mit und teilt sich aus, und wer da von einem »Geheimnis« der Gruppe 47 und ihrer Wirkung orakelt, dem wird dieses Geheimnis offenbar, wenn er den Richter ins Auge fasst.

Wie König Artus: letzte Instanz, einzige Instanz für die Fülle der Zweifelsfälle, die das Leben, die das in Literatur gefasste, vorangetriebene, vorgelegte Leben anbringt. Ohne belehrend zu sein, ein *Doctor auctoritatis*. Wobei es gut ist, sich der weit gefächerten Semantik des Begriffs der *auctoritas* zu erinnern, der da »Rat« umfasst und »Vollmacht«, »Ansehen« und »Einfluss«, »Vorbild« und »Rechtsgültigkeit«. So sagt es das Lexikon, und es verweist auf den der gleichen Wortwurzel zugehörigen *auctor*, den mehrenden »Gründer«, der ein »Verfasser« ist; den »Verfasser«, der ein »Gründer« ist. Da hat man, wenn nicht den ganzen, so doch ein gut Teil des ganzen Hans Werner Richter in einem einzigen Wort.

Als Hans Werner Richter und Toni auszogen und nach München strebten, wurde in einem wilden Akt der Versteigerung dieses und jenes Stück des Hausstands feilgeboten, das als materieller Teil die spirituelle Gruppenwirklichkeit überlebte. Dem manipulierenden Versteigerungsgeschick von Fritz J. Raddatz verdanken wir einen Schirmständer, der in Gestalt eines pfiffigen Spitzes nach wie vor – nicht bellend – das Entree meiner Wohnung bewacht. Bleibt noch ein Ehrentitel der Universität Karlsruhe nachzutragen: dass sie 1978 (auf der Germanistik Vorschlag hin) Richter mit der Ehrendoktorwürde auszeichnete.

Im Folgenden soll, außerhalb einer klammernden Chronologie, von einigen Dichtern und ihren Gesellen die Rede sein.

Uwe Johnson – ich bin mir gewiss, er war im Grunde seines reinen Herzens ein guter Mensch. Aber er versuchte diese Güte zu tarnen unter dem Schirm seines alttestamentlich strengen, ja erbarmungslosen Urteils. Dessen abgründige Radikalität schließlich zum Ende seiner Ehe führte, – und damit auch zu seinem eigenen einsamen Ende in Sheerness on Sea. Vor nunmehr zweiundzwanzig Jahren. Der große Rundkopf, die kleinen Augen, die nie lachten, die Stimme aus der Tiefe, – all dies konnte einen bedrohlichen Ausdruck annehmen, und immer war er im Recht. Wer sein Werk kennt, kennt auch das Humorige in ihm, – er wusste es zurückzuhalten in der persönlichen Begegnung. Wir haben viele Abende miteinander verbracht, in Berlin und dann im Badischen Land, er besuchte uns, und es war eine spröde Zärtlichkeit in ihm, wenn er mit dem Recht des Dichters den Dingen und Menschen eigene Namen gab, sie sich auf diese Weise zu Eigen machend: »Manja« nannte er Monica, und mich »Pitja«. Er lallte nie, wenn er Wein getrunken hatte, und er trank ihn in großen Mengen, sondern sprach dann in Zungen. Und konnte kraft seiner gewaltigen Körperlichkeit auch wohl gefährdend werden. Gefährdet war er. Wir haben viele Briefe gewechselt, der Brief war ihm das Instrument seiner geradezu dämonischen Fabulierlust. Das schönste Beispiel dafür war seine Korrespondenz mit meiner Mutter, die er nie gesehen hat. Aber eines Tages schickte sie ihm – da war sie in ihren Siebzigern – eines seiner Bücher mit der Bitte um seine Signatur. Das schien ihm zu wenig, er schrieb ihr, sie antwortete, und es wurde ein veritabler Briefwechsel daraus. Ein Dokument dieser wunderlichen Beziehung hat sie dann für mich abgeschrieben, und es soll hier aufgehoben sein. »Stimmen« tut nichts darin in einem planen Wirklichkeitsverständnis, – inwiefern es dennoch seine Richtigkeit hat mit den skurrilen Details, das stehe dahin.

Uwe Johnson, Stierstraße 3, 1 Berlin West 41
1. März, 1970
Sehr geehrte Frau Wapnewski,
Ihr Sohn Peter hat uns gebeten, Ihnen einen Bericht über seine Führung während eines Aufenthaltes in Berlin einzusenden. Wir bestätigen zunächst, dass er wirklich am 25. hier zu sehen war und dass er sich soeben ordnungsgemäss abgemeldet hat. Dabei behauptete er, er sei am Flughafen.

Seine Schusseligkeit ist leider wenig abgenutzt und

wird ihm im künftigen Leben noch so manches vermasseln. So vergass er wiederum, uns einen Abend vorher anzurufen, wie ausgemacht war, und so sahen wir keinen Anlass, ihm ein Kalb zu schlachten. Er musste sich dann mit einem so genannten Sauerbraten zufrieden geben, von dem er bei Tisch auf eine mäklige Weise kleine Stücke zu sich nahm. Stunden später begab er sich unter einem Vorwand in die Küche und wurde von uns dabei betroffen, wie er grosse Scheiben des kalten Bratens aus der Hand ass. Mag man über seine Beherrschung der Tischsitten auch denken wie etwa über den goldenen Boden des Handwerks, Sie haben nun doch die Versicherung, dass zumindest an jenem Abend für seine Ernährung gesorgt war.

Er ging dann, ohne dass wir ihn dazu aufforderten, zurück zu Herrn und Frau Kempinski, die ihm hier ein Bett gegeben haben. Über den Rest seines Besuches in dieser Stadt wissen wir im Grunde nichts, geben aber mit grossem Vergnügen die nichtsnutzigen Gerüchte wieder, die uns unter der Woche erreichten. Danach soll er zwar seine Inspektion der mannbaren Töchter aus vermögenden Häusern von neuem aufgelegt haben, und zwar mit der Tour, dass seine Dachkammer in Ettlingen nicht geheizt sei, jedoch sein anhängliches Wesen immerhin nicht von Pappe sei. In der Hauptsache war er bemüht, bereits verheirateten Damen ein rechtes Verständnis seiner Gemütslage beizubringen, mit ff. Seeleneinblicken, so dass schon jede Menge Ehemänner nachts vor dem Hause von Herrn und Frau Kempinski ihn abzufangen warteten,

aber umsonst, denn als er doch noch ankam, hatte er sich einen weissen Fuss gemacht. In Märchen ist er gut, wir haben ihn abgefragt. Seine Barmittel sind in einem nicht ganz glücklichen Zustande, was bei seiner Art von Lebenswandel Niemanden verwundert, nicht einmal uns. Es ist nun einmal seine Art: mit einer Million gibt er sich nicht ab, er will nun einmal drei davon. Deswegen auch haben wir ihn liebgewonnen und stellen Ihnen diese Gefälligkeitsbescheinigung zu.
Ihr sehr ergebener
Uwe Johnson
Schreibmaschinenbesitzer.

Im letzten Monica und mir zugedachten, diktierten und nicht unterschriebenen Brief lud er uns sehr nachdrücklich ein, ihn zu besuchen in Sheerness on Sea. Wir scheuten die Reise, hatten anderes zu tun und im Sinn, und so haben wir ihn nicht wieder gesehen. Und wären ihm doch von Nutzen gewesen in seiner Einsamkeit.

So viel zu und von Uwe Johnson. Zurück zur Gruppe 47 – und zwar zu einer Gruppe innerhalb (oder unterhalb) der Gruppe: den Kritikern.

Das Sitzungsritual folgte schlichten Regeln. Richter rief den Probanden auf, der las eine halbe Stunde – und war gehalten, die anschließende Kritik schweigend hinzunehmen. Ohne also auf Lob oder Tadel und Einwände defensiv zu reagieren. Den Dichtern gebührte der riskante Part, und dann kam die Stunde der Kritiker. Das waren vor allem Joachim Kaiser und Marcel Reich-Ranicki und Fritz J. Raddatz und Roland H. Wiegenstein und Reinhard Baumgart. Jeder nach seiner Art, Jochen Kaiser die gefeilten Worte in Sänfte – und wie in einer Sänfte – führend, und sich und uns das Glück der hohen Kompetenz im Literarischen wie darüber hinaus erfahren lassend. (Und in der Tat tut es ihm – seit Jahrzehnten – schon keiner gleich auf dem Felde der wissenschaftlich-journalistisch-musikalischen Urteilskunst, seine brillante Doppelbegabung hat ihn zur letzten Instanz gemacht, wenn es um Worte geht *und* Töne.) Dann Reich-Ranicki: die Blitze nicht im Bündel schleudernd, sondern sie witzbeflügelt aussendend aus dem Zeughaus seiner kapitalen Literaturkenntnis. Und Raddatz, sich rücksichtslos exponierend in dieser von Tucholsky aufs Vollkommenste gesteigerten Freiheit der Eigenwilligkeit, wie sie einst das Wesen des Berlinischen war, als es noch geistreich herging in Berlin.

Ich kann von Glück reden, wenn ich ergänze: Ich war und bin diesen Personen, die Instanzen sind, in Freundschaft verbunden. Das verwirklichte sich leider am seltensten in der Beziehung zu Kaiser, obwohl uns über die Literatur hinaus die bewegendste aller Künste zusammenführt, die Musik. Und nicht nur die Wagners. Aber die Gelegenheit war uns nicht dauerhaft günstig, wir trafen uns immer wieder nur im Vorübergehen, sei's in Bayreuth, sei's in Salzburg, sei's in München. Und sind darüber zwei alte Herren geworden, ich älter noch als er, und beide von den

Tatzen der Altersgebresten nicht eben gnädig geschlagen.

Marcel Reich-Ranicki. Manchmal denke ich, dass nur ich ihn richtig, also gerecht sehe. Zum einen den von vielen Wunden Verletzten, der die Klinge seines Urteils nie zu dem Zweck geschärft hat, einem Menschen Schaden anzutun. Wenn es je einem um »die Sache« ging, das heißt also: die Literatur, dann ihm. Sie war und ist ihm das kostbarste Gut, ist ihm die portable Lebensbegründung und fester Lebensgrund, und wo immer er sie bedroht oder versehrt oder geschändet sieht, da bricht der Zorn schmetternd oder auf Samtpfoten aus ihm heraus. Auch die Mittel des Komischen nicht verschmähend, lachend das Wahre suchend und sagend. Aber er hat selbst viel zu schmählich gelitten, als dass er nicht auch die Leidensfähigkeit anderer bedächte, – ich habe Beispiele erlebt der Zurückhaltung nicht nur sondern Zurücknahme des kritischen Wortes, wo es galt, einen gefährdeten Menschen zu schonen. Auch fand ich ihn im Zwist mit einem Gegner immer zur Versöhnung bereit, – eher als der andere. Wissen ist, wie man weiß, vor dem Irrtum nicht gefeit, Kritik hat geradezu ein Recht auf ihn, denn sie soll das Engagement in seiner Unmittelbarkeit sprechen lassen, – und so hat Marcel R.-R. es ein Kritikerleben lang gehalten. Wer wollte bestreiten, dass diese Unmittelbarkeit des Urteils oft etwas Sinn- und Herzerfrischendes mit sich trug und sich bis zum Gaukelspiel steigern konnte und man freudig seine Lust hatte an seiner Lust des großen Nein, – aber auch des großen Ja. (Nur dass das Ja meist nicht gleichermaßen unterhaltsam wirkt.) Wo er aber geirrt hat und sich des Irrtums bewusst wurde, da hat er nie gezögert, Fehl und Fehler zuzugeben. Man hat ihm Theorieferne vorgeworfen, und es ist wahr, dass er nicht eben neigt zum Weg oder Abweg der abstrakten Erörterung des rationalen Diskurses. Denn im Grunde kennt er nur eine Theorie, – und die ist praktisch-empirischer Natur: nämlich sehr viel gelesen, sehr viel begriffen, sehr viel bewahrt zu haben. Was aber an Leisem und Behutsamem in ihm ist, das hat er in Teofila-Tosia aufbewahrt, seiner liebenswerten – und malbegabten – Frau, und aus ihrem weltversöhnenden, sich der Tiefe entringenden Lachen klingt es auch, als wär's ein Teil von ihm.

All dies haben wir erfahren, Monica und ich, in ungezählten Begegnungen, und in Briefen überdies. In denen er sich auch als der hilfreich-faire Redaktor erwies der Texte, die man ihm lieferte für das Monument seiner rühmenswerten Lyrik-Anthologie.

Eine ihm eigene Schwäche allerdings kann man als störend empfinden, wenn man mit ihm zu Tische geht. Er achtet die Güte des Weins, die Delikatesse des Mahls gering. Sie sind ihm nicht literarisch genug. Sind eben Natur, – und treffend ist die Anekdote, die mit ihm Adolf Muschg erlebt hat und die identisch ist mit ihm. Sie gehen also wandelnd spazieren, der Dichter und sein Rezensent, und zur Linken oder Rechten öffnet sich die Landschaft, gibt den Blick frei auf einen felsigen Abhang, von dem herab ein Wasserfall stürzt in funkelnden Kaskaden, und Muschg gelingt es, das verbale Gefälle zu unterbrechen, das gerade Heinrich Mann gilt oder Musil oder Hölderlin, – und Marcel R.-R., ohne den Schritt zu dämmen, gibt flüchtig dem Anblick, was des Anblicks ist, fügt aber hinzu: Sehr schön, aber es müsste der Katarakt um der Proportion willen doch besser etwas weiter nach links gerückt werden …

Er ist ein Aufklärer und hasst das Ungefähre: Fritz J. Raddatz aus Berlin. Und das Berlinische auch in Hamburg bewahrend, inmitten seiner aus Elementen der Erlesenheit komponierten Wohnung in der Heilwigstraße, wo das dahinfließende Alsterwasser den Garten streift. Eine Wohnung, deren Dignität sie befördert hat zum Ausstellungsprachtstück im Hamburger Stadtmuseum, – wenn eines späten Tages ihr Eigentümer und Erfinder sie nicht mehr bewohnt.

Kompromisslos im Urteil und in der Gesinnung und ohne Lust auf die Konzession an das Übliche. Dem Unüblichen mit jenem Maß an Deutlichkeit hingegeben, die sich dispensiert weiß von dem Versuch einer Erklärung oder gar Rechtfertigung. Dom Pérignon und was man dazu serviert, bedeuten ihm einiges, – aber lächelnd würde er verzichten auf all dies, wenn es aufgewogen werden sollte gegen den Genuss des Eigentlichen. Das Eigentliche, das ist der Versuch, des Lebens Widerspruch Herr zu werden mit Hilfe des ihm nachspürenden Wortes. In der Kritik, im Essay, in der fiktionalen Darstellung.

Das kleine schnelle Wort und der pfeilspitze Witz, –

so einer verliert Freunde leichter, als er sie gewinnt, denn die gewitzte Wendung und die ans Frivole grenzende Rücksichtslosigkeit des Urteils erzeugen Distanz und halten auf Abstand. Auch hat er, sich selber übereilend, der Fehlbarkeit des menschlichen Denkens und Nach- und Vordenkens seinen Tribut gezollt, das hat so mancher ihm nicht vergessen wollen. Wer alles oder doch fast alles über ihn und von ihm wissen will, über Sein und ZEIT, der halte sich an das funkelnde Corpus seiner Lebenserinnerungen, – ich habe zu ihnen einiges gesagt und darüber hinaus vieles von ihm erfahren, das hier unerwähnt bleibt, da dem Privaten zugehörig. Er hat uns besucht in der Toskana wie im badischen Land wie in Berlin, und wir haben die vielleicht hervorragendste seiner Eigenschaften kennen lernen und erproben dürfen: Er ist ein Freund und liebt die Freundestreue. Die sich für ihn inkarniert in dem Künstler Paul Wunderlich. Und dem Gefährten Gerd Bruns.

Einer auf einigermaßen buntem Felde spielenden Kooperation mit Raddatz sei noch gedacht. Es war in den siebziger Jahren, dass im Dritten TV-Programm des Senders Freies Berlin ein literarisches Konzept entworfen und praktiziert wurde. Es eignete sich den etwas krampfigen Namen »Autor-Scooter!« an, womit wohl ein Anstoßgeben und ein Kreiseln im Präsentieren eines zeitgenössischen Autors vor der Öffentlichkeit signalisiert werden sollte. Alternierend waren Raddatz und ich im Abstand von jeweils vier Wochen die so genannten Moderatoren, und im damals noch eingemauerten Berlin waren diese Autoren-Auftritte von Martin Walser über Christine Brückner und Ephraim Kishon bis hin zu uns selbst ein literarisch reizvolles Spiel über die Mauer hinweg in die unbegrenzte Weite von Dichters Landen.

Bleibt noch Kishons elegante Parade anzumerken: Ich hatte in der Tat noch nie ein Buch von ihm in der Hand gehabt und leitete die Vorstellung des berühmten Gastes ein mit diesem Geständnis, kam mir dabei womöglich auch noch wagemutig vor. Er replizierte prompt: »Herr Wapnewski, ich habe auch noch nie ein Buch von Ihnen gelesen ...« Chapeau!

Mit Christine Brückner verlief es ärgerlicher. Ich stellte sie vor als Verfasserin von »Unterhaltungsliteratur«, – das empörte sie tief, und lang anhaltend verfolgten mich in Briefen und Telefonaten noch die Folgen dieses Fauxpas. Der doch gewiss keiner war, – nur hatte ich den Umstand missachtet, dass im wohlgepflegten deutschen Kulturverständnis die leserfreundliche Geste des Unterhaltens und der Unterhaltsamkeit als Schwäche und Minderung des Kunstanspruchs gehandelt wird ... Das *Delectare* darf nicht gelten als Vehikel der bildenden Belehrung, sondern bleibe, wo überhaupt zugelassen, dessen schüchterne Magd.

Das Römerbad

Der »Notenschlüssel« und der »Autor-Scooter«: Versuche, Materie der Kunst und des Künstlerischen auf medial-technischem Wege zu vermitteln und jenen Publikums-Schichten dienlich zu sein, die man früher »das gebildete Bürgertum« nannte. Eine soziale Kategorie, die genauer zu bestimmen unserer Zeit schwer fallen muss, deren Form ja die der Nivellierung ist: Es hat sich mittlerweile der Begriff des »Bürgerlichen« entschieden verwandelt, nicht anders als jener der »Bildung«. Dass es aber die eine wie die andere Größe noch gibt, bezeugt das im südlichen Schwarzwald gelegene Hotel »Römerbad« (in Badenweiler). Ähnlich wie in Johannes Müllers Schloss-Elmau-Institution verbindet sich an diesem Ort die Einbettung in reizvoller Landschaft mit dem Hotel-Angebot des verwöhnenden Komforts, – und beides macht sich der Kunst dienstbar (oder sich die Kunst dienstbar). Wobei hier der Kunst wiederum der altüberlieferte Sinn der »Artes« eigentümlich ist, der Begriff also, der nächst der Poesie und der Musik auch die Wissenschaften einbezieht. Und deren Horizont offen bleibt.

Der Erbe und Hausherr des traditionsreichen

»Römerbads«, Klaus Lauer, es schließlich leitend in vierter Generation, verfiel in jungen Jahren schon der Musik, – und machte sein Haus in systematischem Crescendo zu einem Tempel der kammermusikalischen Hochkunst. Vor allem der Gegenwart zugewandt, musizieren hier die prominentesten Repräsentanten des zeitgenössischen Musiklebens als Solisten wie im Duo- oder Trio- oder Quartett-Verbund, bis hin zum Kammerorchester. Die großen Namen der lebenden Komponisten- und Virtuosengeneration zählen mittlerweile zu den ständigen Gästen des Hauses, – und wurden aus Gästen zu Freunden: von Pierre Boulez bis György Kurtág, von Hans Werner Henze bis Bruno Maderna, von Aloys Kontarsky bis zu den Ardittis und zum Alban-Berg-Quartett. Genius aber der Kultur des Hauses wurde in der Bewährung jahrelanger freundesnaher Gemeinsamkeit Wolfgang Rihm.

Klaus Lauer erdachte sich zu den an Glanz und Ruhm beharrlich wachsenden Musiktagen eine Komplementärveranstaltung gewissermaßen wörtlicher Art, die so genannten Colloquien. Einmal im Jahr, und zwar zum Ende des Winters, versammeln sich unter dem Dach des Römerbades rund hundert und mehr Gäste, um sich an vier Tagen fünf Vortragenden anzuvertrauen. Der Schwerpunkt der Themen liegt zwar auf dem literarischen Gebiet, weitete sich aber nach Belieben aus auf jegliche dem Bereich des gebildeten Interesses zugängliche und von ihm bestimmte Thematik. Verklammert durch einen Rahmenbegriff.

Wobei die Wahl der Referenten dem Thema vorging, es war immer die inspirierende Energie des oder der Vortragenden, die das Thema dominierte (und nie umgekehrt). Im Laufe der Jahre knüpfte sich eine Traditionskette, die gemäß der Bedeutung der Aussage und der Prominenz der Redner sich selbstbewusst und wohlgefällig neben den Exponenten der Musiktage präsentieren konnte: Politiker, Dichter, Historiker, Publizisten. Es oblag mir über siebzehn Jahre hin, die Thematik zu erfinden und ihr entsprechend die Referenten, die Veranstaltung über ihre vier Tage hin zu steuern, Person und Gegenstand einzuleiten und die Summe zu ziehen, und ich habe diesen Auftrag als Ehre empfunden und als Freude dazu. Denn es bildete sich schon nach wenigen Jahren eine Stammkundschaft aus, die den Colloquia in Treue zugetan war, ihnen rezipierend folgte und sie durch Diskussionsbeiträge wesentlich bereicherte. Es ist ein Ehrentitel des Hausherrn, dass und wie er dem materiellen Komfortzustand eines solchen besternten Hotels und dem Wohlleben in ihm die strenge Nobilität der intellektuell-künstlerischen Idealität zueignete. Nach meinem Abschied hatte ich das Glück, in dem Literaturprofessor und Essayisten aus dem Graubündischen Iso Camartin einen Nachfolger im Regiment zu finden, der dem Römerbad reich zugute kommen ließ, was er als akademischer Lehrer und Forscher wie als Akademiemitglied (in Darmstadt) repräsentiert: die Gabe nämlich, dem Gewicht des Gedanklich-Intellektuellen seine Schwere zu nehmen durch die Anmut der Form und die Liebenswürdigkeit des persönlichen Habitus. Nicht zu vergessen seine Ehefrau Melitta, die als Neurobiologin in Hamburg und weit darüber hinaus, von aller Welt bewundert, forscht. (Den eigentlichen Hotelbetrieb hat Lauer 2005 in andere Hände übergeben. Die Kunst bleibt seine Provinz.)

Feste

Die Deutschen, sie gelten (wie schon angedeutet) nicht eben als Meister des Festefeierns. Die barocke Lust am beschwingten Lebensgenuss, die den Ablauf der Alltäglichkeit hell unterbrechenden Feiern mit Musik und Farben und reich gedeckten Tischen ist unsere Sache nicht, – sie findet sich eher im flandrischen Breughel-Land oder in Italien, wo die fromme Hingabe der schwer schreitenden Prozession sich tänzerisch löst in praller Daseinslust: Nahezu an jedem Sonntag gilt es, irgendwo einen Heiligen und damit sich selber hochleben zu lassen.

In den fünfziger und sechziger Jahren aber gab es auch hierzulande eine große Gastgeberin, und unter ihrer taktgebenden Hand blühte galante Lebensfreude auf in Kufstein oder in Düsseldorf oder dem ihm nahe liegenden Orte Hösel. Gabriele Henkel bat zu Tisch, und nahezu alles, was Rang und Namen und Verdienste hatte in unserer Republik, scharte sich glanzvoll gewandet um sie und Conrad Henkel, den Hausherrn. Der das üppige Treiben nicht nur gern geschehen, sondern sich und den Seinen zur Freude gereichen ließ, aufs Liebenswerteste die Würde der reich spendenden Bescheidenheit verkörpernd. Die

Liste der über die Jahre hin regelmäßig oder gelegentlich einer Einladung Gewürdigten ist ein Handbuch der Künstler und Gelehrten und Politiker jener nun schon geschichtlichen Phase, – sie endete, als der Wahnsinn des Terrorismus zu schwerfälligen Schutzmaßnahmen der prominenten Gäste nötigte, es vertrugen sich diese grauen Farben der armierten Zeit nicht mit der Buntheit des Festtages. Es bleibt die Erinnerung an musterhafte Tischreden, und wenn Carlo Schmid sie hielt (was er gerne tat), dann überlagerte das Griechische und Lateinische schwerelos das geliebte Deutsch.

Dass die Regie einer solchen Einladung in den Bereich der Kunst gehört, ist allbekannt. Wie auch notorisch ist, dass Gabriele Henkel jedem dieser Ereignisse eine besondere, thematisch gewählte Note gab, es wurden die Tische im Schmuck von Blumen und Silber, von Porzellan und kleinen Exponaten veredelt zur »Tafelkunst« – einer Variante der Bildenden Kunst, die Proportion und Arrangement, Farbenkomposition und die Choreographie des Tischgeräts zu einer eigenen Ausdrucksform steigerte.

So weit, so gut. Aber Gabriele Henkel ist es ergangen wie manchem der so genannten Prominenten, das heißt, es wurde beim Blick auf ihre Existenz das Teil für das Ganze genommen. Jedoch ist sie, wie ihr Nahstehende wissen, sehr viel mehr als eine ingeniöse Gastgeberin. Sie ist vor allem eine gebildete Frau, deren Affinität zum ästhetischen Phänomen der Eleganz auch auf dem Gebiet der Literatur ihren Niederschlag fand, in der kleinen Form der Kritik, der Glosse, des Essays. Das Modische in ihr und um sie war nicht nur Schönheitskult, sondern auch Freundschaftsdienst, richtiger: Freundesdienst. Dergleichen vollzieht sich abseits von Illustriertenreportagen und Fernseh-Features, – und füllt einen Raum, der von dieser Frau nicht minder angemessen gefüllt wird wie der des Festgetriebes. Menschen um sich zu haben, die der gleichen Sprache mächtig sind (in welchem Idiom auch immer), war und ist Teil ihrer Lebenswirklichkeit. Die Conrad Henkel eines Tages mit einer transzendenten Note versah: Gabriele überraschte ihn mit der Information, dass sie ein Areal ausgewählt habe für ihrer beider Grabstätte. Woraufhin er fragte, ob denn die angegebene Quadratmeterzahl ausreichen werde, – denn wie er sie kenne, werde sie doch zur Ruhe auf dieser Ruhestätte gewiss noch ein Dutzend Leute einladen …

Gastprofessuren

Die Erinnerung mahnt neben dem Aufenthalt in Harvard noch ein Dutzend weiterer Gastprofessuren an. Nicht zuletzt, sondern eher allererst die sich über ein halbes Jahr erstreckende Einladung an die Universitäten Neu-Seelands. Die Reise war eine um die Welt, und es wäre einiges zu berichten von den bunten und wirren, auch belehrenden und zuweilen kindisches Sehnsuchtsweh nach der Heimat auslösenden Zwischenaufenthalten in Thailand oder Indien oder Indonesien oder Ägypten. Doch muss, diese Zwischenstopps betreffend, das Geständnis gewagt werden, dass ich nicht selten von jenem fremden Lande vor dem Passieren der Zollschranke mehr wusste als nach ein paar eher irritierenden denn informierenden Tagen oder Wochen und einem ein Wiederkommen eifrig behauptenden Abschiednehmen.

Dankbarer Erwähnung aber sind ferner die Einladungen würdig wie die, die mich über mehrere Wochen nach Kopenhagen führte, der freundlichsten Fürsorge der Kollegen wie Jungbluth und Michelsen verpflichtet. Und nach London und Birmingham unter der Obhut von Arthur T. Hatto, dem neben vielem anderen die wunderbare Sammlung des internationalen Tagelied-Schatzes zu danken ist unter dem sie alle vereinenden Titel *Eos*. Nachhaltigen und bestimmenden, auf späteres Handeln sich auswirkenden Eindruck hinterließen überdies die Besuche der Colleges in Oxford und Cambridge. Peter Felix Ganz gebührt das große Verdienst, mich angeleitet zu haben zum Verstehen von Aura und Charisma dieser Fixsterne am viel bewegten Himmel der europäischen Hohen Schulen.

»Gastprofessur«, das Wort gibt sich gewichtig und wird dieserhalb zuweilen auch anspruchsvoll artikuliert. In Wahrheit handelt es sich durchwegs um normale Bewegungen in der Mechanik des Universitätssystems, gehorchend dem System des Nimm und Gib: Man lädt ein und wird wieder eingeladen, die Mittel sind im Haushaltsplan vorgesehen oder verdanken sich privater Spenden-Großmut, sie decken allermeist Reise und Aufenthalt, das Salär ist sekundär, denn der reisende Professor steht ja allermeist im Brot. Besuche dieser Art werfen dank persönlichen Gesprächen mit Gastgebern und Studenten meist mehr Gewinn ab als Kongresse, die vom Fachverband so regelmäßig einberufen werden, wie ich sie regelmäßig zu meiden wusste. Germanisten unter sich haben kaum einen Reiz auf mich ausüben können, und das Ereignis eines Kongresses mit der Unzahl der sich wechselseitig überschneidenden oder aufhebenden Vorträge und dem konventionellen begrüßenden Freudentaumel der einander wiederbegegnenden Kollegen und Kollegengattinnen war mir je öfter umso eher entbehrlich. Wobei dieses »öfter« noch geprahlt ist, es mögen vier oder sechs Kongresse gewesen sein, die ich im Verlauf meiner fünfzig Dienstjahre besucht habe, – und die Teilnahme war dann in der Regel bedingt durch Zufall oder persönliche Beziehung. Wie im Falle des großartigen, ja glanzvollen Germanisten-Kongresses, den mein Freund Albrecht Schöne als Präsident der Internationalen Vereinigung in Göttingen abhielt, dem Ereignis einzigartige Ausgewogenheit schenkend von öffentlich dargebotener Gelehrsamkeit und privater Vertrautheit, überstrahlt von der Strenge der denkenden und nachdenkenden Disziplin und der heiteren Lässigkeit festlicher Freude. Unvergessen der Kerzenlichterreigen in der Nacht des Abschieds, der spät noch heimleuchtete. Das war im Jahre 1985. Dreiundzwanzig Jahre zuvor hatte ich einen Ruf auf den Göttinger Lehrstuhl abgelehnt, den ich vor allem meinen Freunden Walter Killy und Albrecht Schöne verdankte und dem mich zu verweigern mich härter noch ankam als die Absage an Harvard. Härter, weil hier die Chance sich anbot, inmitten der Festigung und Festung einer längst bewährten Freundestrias die gemeinsame Wissenschaft zu betreiben.

Aber ich glaubte damals noch, in Heidelberg so fest verwurzelt zu sein, dass ich in Stadt und Landschaft Göttingen nicht würde heimisch werden können. Es beruhigte mein Gewissen, dass an meiner statt dann aus Bonn Karl Stackmann berufen wurde –

und ich sicher sein durfte, dass die Göttinger traditionsreiche Altgermanistik mit ihm gewiss so gut fahren würde wie mit mir. Wenn nicht gar besser. Dieser Göttinger Ruf übrigens brachte mir einen der letzten der schon erwähnten studentischen Fackelzüge ein, wie sie nach althergebrachter Tradition einem deutschen Professor aus besonderem Anlass gewidmet wurden.

Ein Akt korporativer Sentimentalität? Mehr als das, und was es auf sich hatte mit der Verwirklichung einer Lehrer und Schüler umfassenden Universitas, wie sie zum Entstehen unserer Hohen Schulen beitrug, wird nur der ermessen, der sich der gefühlsarmen Nüchternheit jenseits aller gemütvollen Gemeinsamkeit bewusst wird, wie sie später die Gruppen-Universität und ihre nicht von herkömmlichem wechselseitigem Respekt, sondern von Fremdheit und Misstrauen beschwerte Atmosphäre regierte.

Ich bin damit wieder bei der alten Universität, wie ich sie kenne und wie ich sie, das sei unumwunden gestanden, geliebt habe. Ihr verdanke ich die schönsten Jahre meiner lehrenden Laufbahn als Universitäts-Lehrer: Gruß an Heidelberg!

Das Wissenschaftskolleg

Es war im Herbst 1979, als mich ein Anruf von Hellmut Becker erreichte. Er brachte die letzte große Wendung in mein Leben. Brachte die anspruchsvollste aller Aufgaben, die ich zu bewältigen hatte innerhalb meines akademischen Berufs. Schenkte mir zum Ende das Bewusstsein, etwas von dauerndem Nutzen getan zu haben. (Becker versuche ich später noch gerecht zu werden, u. S. 218 ff.).

Es gab in Berlin – und gibt es noch – eine Dépendance des Aspen-Instituts (das seinerseits ein Zweig der Ford-Foundation ist). Sein Leiter in jenen Jahren war der renommierte und in Berlin über seine gesellschaftliche Prominenz hinaus populäre Kultur-Manager Shepard Stone. Ein Mann von jovialer Statur, ein Père noble, sich seiner Verdienste und seiner Einflussmächtigkeit bewusst und mannigfach verknüpft in einem ihn mit allen Wichtigkeiten hierzulande wie in den USA verbindenden Netz. Sein Institut lag aufs Schönste auf der Halbinsel Schwanenwerder, am Wannseeufer. Und es war – absurder Fall – das Grundstück der Villa des Doktor Goebbels unselig, auf dessen Boden nun das Aspen-Institut gedieh.

Stone hatte einen lockeren Kreis ins Leben gerufen, der die Direktoren, Präsidenten, Leiter der wichtigsten wissenschaftlichen Einrichtungen der Stadt verband: den so genannten Institutsleiterkreis. Vor ihm hatte der damalige Senator für Wissenschaft und Kunst Peter Glotz referiert über eine Reise in die und durch die USA, die ihn auch zu den wichtigsten Think Tanks geführt hatte. Unter denen das Institute for Advanced Study in Princeton den ruhmvollsten Rang einnahm. Diese Visite war eine eindrückliche Erfahrung, die Glotz dazu bestimmte, Vergleichbares in Berlin zu planen und zu gründen.

Die Absicht einer solchen Gründung ist leicht begreifbar. Durch die Versammlung von glänzenden Gelehrten aller Fakultäten, eingeladen aus aller Welt, sollte das eingemauerte Berlin die Chance wahrnehmen, inmitten der stetigen Isolationsbedrohung durch den Kalten Krieg international Geist und Kultur auszustrahlen, auf diese Weise seine Vitalität und Anziehungskraft über alle Mauer-Begrenzung hinaus erweisend. Um mit dem Feuer des Geistes das Skelett von Eis zum Schmelzen zu bringen, das die große alte geschichtsträchtige Stadt als Objekt der Willkür politischer Unvernunft umschließen wollte. Das leuchtete ein. Nicht nur den Institutsleitern, sondern auch der Politik, der in dieser Sache das erste und letzte Wort zukam. Dieses Konzept durchzusetzen, durchzufechten, war Glotz der rechte Mann, ausgestattet mit scharfem Intellekt, akademischer Erfahrung, politischem Instinkt und einem Widerstände nicht anerkennenden Willen zur Verwirklichung des als richtig Erkannten. Das Richtige war in diesem Fall die Gründungsplanung eines solchen Instituts, und so gelang es Glotz, Senat und Abgeordnetenhaus für das Unternehmen nicht nur zu gewinnen, sondern auch zu begeistern.

Natürlich hing, nachdem die gesetzlichen Hürden genommen und die Finanzierung nach Kräften gesichert waren, vieles, wenn nicht alles, davon ab, diesem Haus seinen rechten Herrn zu finden. Der Institutsleiterkreis, bewogen durch Beckers und Stones Vorschlag, fand ihn in meiner Person.

So kam es zu dem Anruf in jenem Herbst.

Man wird verstehen, dass ich mich nicht leicht tat mit einer Entscheidung. Berlin war für mich besetzt mit peinlichsten Erinnerungen, ich fühlte mich wohl im freundlichen deutschen Südwesten, wenngleich ich den Reiz, vielleicht gar die Notwendigkeit einer neuen provozierenden Aufgabe nicht verkannte. Immerhin aber hatte ich mich vor kurzer Zeit fester noch angesiedelt im Karlsruher Amt und in der Wohnung in Baden-Baden (in die wir aus Gernsbach vier Jahre zuvor umgezogen waren), zufolge des wiederum nicht leichten Entschlusses, einen ehrenvollen Ruf an die Universität Düsseldorf abzulehnen.

Glotz lud uns zu einem vortastenden Gespräch ein nach Berlin, das die Aufgabe hatte, mich in Augenschein zu nehmen, und das mir die Möglichkeit gab, das Für und Wider konkret zu erwägen.

Das war um die Jahreswende 1979/80. Wir fanden Gefallen aneinander, der Wein und die Speisen im aparten »Don Camillo« taten das ihre hinzu, nun bedurfte es nurmehr eines tatkräftigen Entschlusses. Dass es schließlich zu einem Ja kam, war Monicas Verdienst. Sie fühlte sich nicht nur angezogen durch die Aussicht (groß)städtischer Lebensformen (die ihr als in Hamburg gebürtig angemessen waren), sondern sah auch klarer als ich die höhere Vernunft der Herausforderung, die zu bewältigen meine Aufgabe sein würde. Aus seiner Sicht hat Peter Glotz die Begegnung bildreich geschildert, – und damit auch die Idee und Konzeption des Kollegs. Dabei das eigene Verdienst in nobler Bescheidenheit nur leise betonend. (Siehe »Von Heimat zu Heimat«, Berlin 2005, S. 170 ff.)

Der Senator ernannte mich nunmehr auf Vorschlag des Institutsleiterkreises zum »Planungsbeauftragten«. Er stellte mir zwei Helfer zur Seite, deren Beitrag zur Gründung des Instituts nicht hoch genug eingeschätzt und gepriesen werden kann. Beide zugunsten dieser Aufgabe von ihren amtlichen Professionen ganz oder teilweise freigestellt: Dr. Christoph Schneider, Referent im Apparat der Deutschen Forschungsgemeinschaft, und Senatsrat Jochen Stoehr im Hochschul-Ressort des Senators. Schneider war und blieb der Konzeptionalist; Stoehr der kluge Taktiker, unserer Unternehmung in der freundschaftlichsten Gesinnung zugetan, in der er von nun an bis zu seiner Pensionierung im Jahre 2003 die politische Seite repräsentierte. Denn das Haus war ja eine Gründung des politischen Willens, und ohne die ständige Bekundung der staatlichen Verantwortung konnte es nicht gedeihen. So dass es zwar angemessen war, vom ersten Rektor als dem »Gründungsrektor« zu reden, aber der eigentliche Gründervater ist Peter Glotz. Nach ihm müsste das Haus eigentlich benannt sein, dem wir nach langen Beratungen den etwas umständlich klingenden Titel »Wissenschaftskolleg zu Berlin« gaben. Der persönliche Name eines Gründungsheros hätte ihm wohl angestanden, der nächstliegende aber war definitiv besetzt durch die ehemalige Friedrich-Wilhelm-Universität, die nun Humboldt-Universität hieß. Ich schlug Harnack vor, eher an die Widerstandskämpfer der Familie denkend als an den Kaiserlichen Wissenschaftspolitiker, aber es blieb dann bei der spröden Funktionsbezeichnung, »Kolleg« und »Wissenschaft« machten deutlich, was das Haus sein wollte. Und die abstrahierende Präposition »zu« (statt »in«) vermied die Überbetonung des Lokalen. Im Laufe der Beratungen hatte man dem Leiter den Titel eines »Präsidenten« oder eines »Direktors« geben wollen, ich konnte mich durchsetzen mit meinem, die Bindung an die Universitätstradition betonenden Vorschlag »Rektor«. Nicht minder traditionsbehaftet auch der Titel für den Verwaltungsleiter, dem wir die strenge Amtsbezeichnung »Sekretär« gaben.

Es sparte uns Umwege und Irrtümer, dass man vor allem Beginn Schneider, Stoehr und mir die Gelegenheit einer visitierenden USA-Reise gab. Der Besuch der wichtigsten korrespondierenden Einrichtungen, vor allem natürlich des Princeton-Instituts, lehrte uns die Eigentümlichkeiten und Besonderheiten einer solchen Einrichtung kennen und führte zur Anknüpfung freundschaftlicher Bindungen »von Haus zu Haus«. Überdies kam für uns drei hinzu, was der Lebenserfahrene weiß: Nichts nähert Menschen gründlicher einander an als die Fährnisse und Freuden einer gemeinsamen Reise.

Unsere Dreierschaft wurde auf diese Weise zu einem Dreierbund, und wir wussten, was sich nunmehr über Jahre hin bestätigen würde: dass Verlass aufeinander war.

Wir suchten und fanden – dank der Findigkeit Jochen Stoehrs – auch ein Haus. Eine Gründerzeit-Villa aus reicher Epoche, einst der Familie Linde erbaut. Zuletzt hatte das Gebäude britischen Offizieren der Besatzungsmacht als Casino gedient, – und war in entsprechendem Zustand. Seine Adresse war in einem der schönsten Villenvororte Groß-Berlins, dem durch die Fülle der herrschaftlichen, vielfach von Gelehrten, Künstlern und Industriellen erbauten Häuser ausgezeichneten Stadtteil Grunewald. Baum- und seenreich, und die alleeartigen Straßen bieten sich dem gelehrten Temperament zum Spaziergang einladend und gedankenfördernd an. Solide auch das finanzielle Fundament, nicht zuletzt dank der Anschubförderung durch die großzügige Gabe der Volkswagen-Stiftung, mit deren Hilfe die staatlichen

Mittel in der aufwändigen Anfangsphase hilfreich komplettiert wurden.

Diese Mittel lieferten etwa hälftig die Bundesrepublik, die damals noch »Bonn« hieß, und die Stadt Berlin. Sie regelmäßig einzuwerben und angemessen zu verwalten war eine der wichtigsten Aufgaben des Sekretärs, – das Kolleg durfte sich glücklich schätzen, dem Deutschen Akademischen Austauschdienst den Juristen Dr. Joachim Nettelbeck abgeworben zu haben, der nunmehr dem Rektor zur Seite das an Verantwortung, auch an Mühen reiche Amt der Administration und der Obhut über etwa dreißig Angestellte auf sich nahm. Ohne seine die Finessen der Kameralistik präzis durchschauenden und sie seinerseits virtuos nutzenden Fähigkeiten hätte das Unternehmen nicht gedeihen können. Übrigens war er über den administrativen Part hinaus jedem der Rektoren kompetenter Berater auch im wissenschaftspolitischen und personalen Bereich, und wie er es vermochte, den Haushaltsplan jeweils in Übereinstimmung zu bringen mit den kruden Forderungen der Realität, bleibt allemal ein wunderreiches Rätsel.

Der Aufenthalt eines jeden Fellows (wir fanden keine sinnvoller charakterisierende Bezeichnung für unsere Gäste) sollte sich grundsätzlich auf ein Jahr bemessen. Anders die Bewältigung eines förderlichen und auf gewisse Kontinuität angewiesenen, sich kollegial austauschenden wissenschaftlichen Arbeitsvorhabens nicht vorstellbar war. Überdies ging es dem

Gründergeist ja auch um die entschiedene Absicht, den Wissenschaftlern aus der Fremde die Stadt Berlin nahe zu bringen: ihre Vitalität, ihre Daseinslust, ihre kulturelle Vielfalt, ihre nüchtern-gewitzte Mentalität, ihren Überlebenswillen.

Die Qualität und damit die Daseinsberechtigung des Kollegs steht und fällt mit der Qualität der Eingeladenen. So wurde der Prozess der Auswahl zu einem Kerngebiet der inneren Arbeit. Es wurde ein Wissenschaftlicher Beirat gegründet, aus hervorragenden Repräsentanten der wissenschaftlichen Disziplinen bestehend, deren jeder auch als potentieller Fellow gelten konnte. Mit Hilfe sorgfältig und zeitaufwändig eingeholter Gutachten ist der Beirat dann ermächtigt, sein Votum abzugeben. Das letzte Wort hat der Rektor. Das Zahlenverhältnis von Vorgeschlagenen (oder sich Vorschlagenden) zu schließlich Gewählten war über die Jahre hin unterschiedlich, pendelt sich aber im zeitlangen Überblick ein auf eine Relation Eins zu Fünf.

Fixpunkt im Gefälle der Zeit ist das tägliche Mittagsmahl, der Lunch. Dem eine zentrale Funktion zukommt. Es sorgt dafür, dass die Fellows sich kolloquial miteinander vertraut machen, regelmäßig treffen und das Tischgespräch über die Unterhaltung hinaus nutzen zur Beförderung ihrer Arbeitsvorhaben im Sinne auch des gemeinschaftlichen und korrespondierenden Handelns. So wurde aus gutem Grunde an dieser Einrichtung stetig festgehalten, – wenngleich die jeweiligen Jahrgänge einmal mehr und einmal weniger an ihr zu rütteln versucht waren, – zumeist aus dem soliden Motiv der *Stabilitas loci*: Nicht jedem gefällt es, zur Mittagszeit seine Arbeit zu unterbrechen und sich ins Haupthaus zu verfügen. Aber es gab Gründe, das Prinzip beizubehalten, obwohl sich im Einzelnen gewisse Modifizierungen nahe anboten. Hier ist von einer meiner Niederlagen zu berichten:

Tief und dauernd beeindruckt durch meine Besuche in Oxford und Cambridge, hatte sich in mir die Überzeugung verfestigt, dass dem Prinzip Form und ihrer Tradierung eine wesentliche Funktion innerhalb der kulturellen Ausbildung jedes intelligenten Wesens zukommt. Zumal in der Verfassung einer Gemeinschaft. Die Wahrnehmung und Wahrung äußerer Formen nimmt ihren Weg in die Innenwelt humanen Verhaltens, schützt das Individuum vor dem Verlust seiner Verfassung. Eine den Dingen innewohnende Würde teilt sich auch den mit ihnen Umgehenden, von ihnen Umgebenen mit. Eine der Form eigene sittlich-ästhetische Ordnung teilt sich auch der harmonischen Gliederung menschlichen Verhaltens mit.

So hatte ich denn zu allem Anfang die Tische des Speisesaals in U-Form zusammenrücken lassen. An der kurzen, der Verbindungsseite war der Platz für den Rektor, und neben ihm nach Belieben einige Fellows. Oder die Gäste von außerhalb, die uns aus Neugier und Wissbegier aufsuchten, dem Kolleg kurzfristig auf lockere Weise verbunden durch die Kollegialität mit einzelnen Fellows. Und die Politiker, an deren Interesse uns gelegen sein musste. Der Rektor stellte die Gäste zu Beginn der Mahlzeit jeweils dem Plenum vor.

Das schien mir eine Komposition der Angemessenheit. Sie wurde indes kritisiert, nicht zuletzt weil sich in ihr so etwas zu spiegeln schien wie eine hierarchische Struktur, – ein Verdacht, gegen den ich nicht eigentlich etwas einzuwenden wusste. Irgendwann aber, nach drei oder vier Jahren, geschah es, dass die Innenarchitektur aufgelöst, die Tische ihrer isolierten Eigenständigkeit zurückgegeben, der Speisesaal durchsetzt war mit Einzeltischen zu je etwa acht Plätzen. So wollte es das Demokratieverständnis einer Mehrheit, und der Rektor ließ es bewenden.

Bei dieser Gelegenheit ist von einer anderen Niederlage des Gründungsrektors zu berichten. Ich war in einfältiger Arglosigkeit davon überzeugt, dass ein jeder Fellow nach Empfang der Zusage es als selbstverständlich ansehen würde, sich der Sprache der Stadt zu vergewissern, die ihn für ein Jahr aufnehmen würde. Der Sprache der deutschen Hauptstadt. Nicht zuletzt, um sich mit den deutschen Fellows ungezwungen unterhalten zu können (die etwa ein Drittel der Belegschaft ausmachten und ausmachen sollten). Vor allem aber, um sich ohne Not zurechtzufinden in der fremden neuen Umgebung. Überdies war (und bin) ich überzeugt – und weiß mich mit dieser Überzeugung im Einklang mit einer nicht nur wissenschaftlich autorisierten gängigen Gewissheit –, dass mit dem Erlernen einer fremden Sprache ein Kulturzuwachs und eine Persönlichkeitserweiterung verbunden ist, deren der Gebildete sich – sei's auch mit einiger Mühe – dankbar bemächtigt. Auch wird man es als einen Akt der Höflichkeit begrüßen, dass der Eingeladene die Sprache und das Sprechen der Gastgeber versteht und entsprechend zu reagieren gerüstet ist. Das Hauptmotiv aber, das mich bewog, als Umgangssprache in einem Haus der Gelehrsamkeit die deutsche Sprache anzusetzen, war die Überzeugung, dass Deutsch als Wissenschaftssprache konsequente Erhaltung und lebhafte Förderung verdient. Dass die Naturwissenschaften sich längst geeinigt haben auf Englisch als ihre Lingua franca, ist altbekannt. Aber nach wie vor soll die These gelten, dass auf dem Felde der Geisteswissenschaften die Kenntnis des Deutschen unentbehrlich ist. Denn jegliches Verstehen der Philosophie von Kant über Hegel und Schopenhauer bis hin zu Nietzsche und Heidegger; jegliches Verstehen der fundamentalen Werke der Geschichtswissenschaft, der Theologie, der Musikwissenschaft, der Kunstwissenschaft, der Soziologie ist an das Verstehen des Urtextes gebunden. Ranke und Burckhardt und Karl Barth und Max Weber und Bultmann und Habermas erschließen sich dem Verständnis nur in ihrer eigenen, ihnen zugehörigen Sprache, die Teil ihrer Aussagen ist und die in einer wenn auch kompetenten Übersetzung eine Minderung ihrer Wahrheit erfährt. Zu schweigen von den Dichtern und ihren Gesellen.

So weit, so gut. Aber die internationale Dominanz

des amerikanischen Englisch überzog Schritt für Schritt auch die Sprachschicht des Deutschen im Wissenschaftskolleg. Es erwies sich, dass vor allem die amerikanischen Gäste ein Erlernen des Deutschen für durchaus entbehrlich hielten, – und die beflissene Reaktion der Deutschen in und außer Haus gab ihnen insoweit Recht, als man den Fremden gefällig in ihrer Sprache antwortete. So dass auch die wissenschaftlichen Kolloquien zunehmend in englischer, das heißt der amerikanischen Variante der englischen Sprache geführt wurden. Gelegentlich auch die Abendveranstaltungen, zu denen das Kolleg die interessierte Berliner Öffentlichkeit einlud und die zunehmend eine bedeutende Rolle spielten im kulturellen Angebot der Stadt.

Auch begnügt sich zunehmend die Begegnung der Personen im Haus, statt einander – wie es altmodisch so freundlich heißt – die Tageszeit zu entbieten, bewusstlos mit dem geist- und inhaltlosen Anruf »Hallo ...!«.

Beiläufige Bemerkungen sehr subjektiver Art, sie betreffen Randzonen, nicht das Zentrum des Geschehens im Wissenschaftskolleg. Von ihm und seiner Geschichte und Leistung zu berichten ist das Institut mit einer Fülle von Zeugnissen selber aufgerufen, – ich beschränke mich bewusst darauf, einige Steine aufblitzen zu lassen in dem großen Mosaik. Das heißt punktuell zu berichten von Menschen und Dingen, die dem Cursus meiner eigenen Geschichtserzählung Akzente gaben.

Wenn es einen Gründer des Wissenschaftskollegs gibt, und einen Gründungsrektor, – dann ist auch, und zwar im Tone der Verehrung und Dankbarkeit, von einem Gründungsfellow zu reden.

Der erste Fellow

Es begann am 7. September 1980. Ein Abendessen in unserer Wohnung in der Charlottenburger Carmerstraße 1, nahe dem Steinplatz. Der Ehrenplatz am Tisch war einem 82-jährigen Herrn eingeräumt. Ihm gegenüber Hellmut Becker. Unter den übrigen Gästen Wolf Jobst und Imke Siedler. Als der alte Herr sich zum Abschied eintrug in das Gästebuch, fügte er dem Namen *Gershom Scholem* ergänzend oder kommentierend hinzu: »... redete viel«.

Vielleicht hat er viel geredet, sein Leben lang. Aber er redete nie genug. Es war ein großes Bedürfnis in ihm, Zeugnis abzulegen von sich selbst, die Zahl der autobiografischen Dokumente ist enorm: Zwei Bände Briefe (1914–1970), der Briefwechsel mit seiner Mutter, mit Walter Benjamin, die Tagebücher der frühen Jahre; die *Geschichte einer Freundschaft* (mit Walter Benjamin); die Autobiografie *Von Berlin nach Jerusalem*; und posthum die Briefe an Werner Kraft.

Es ist, als wollte er seiner Zeit ein exemplarisches Leben demonstrativ vorzeigen. Das Leben eines Mannes, der Repräsentant war einer Wissenschaft, zu der er aus innerstem Antrieb, innerster Notwendigkeit gefunden, die er selber erfunden hatte. Die Wissenschaft vom Judentum, von dessen »Seele« in ihrer Mystik, ihrer Religiosität. Aber indem er sie, diese Wissenschaft, repräsentierte, war er mehr als ihr erudierter Vertreter. Er war der Repräsentant des Schicksals der deutschen Juden (– nicht der jüdischen Deutschen). Sein Forschungsfeld war wahrlich die Existenzphilosophie. Ein Jude in diesem deutschen, von Deutschland gebrannten Jahrhundert. Ein Leben, das begann in Berlin und das endete in Jerusalem, – und so auch der erwähnte Titel seiner die Jugendjahre beschreibenden Autobiografie, der schon den weiteren weiten Weg vorwegnahm. Sie hätte auch heißen können: Von *Gerhard* zu *Gershom*.

Ein Leben, dessen Lehre sein kann, dass jenseits aller wohlgemeinten und gefühlsträchtigen Worte zu *Wochen der Brüderlichkeit* und ähnlichen human konzipierten Ereignissen all jene Begriffe zu Schlagwörtern degenerieren, die frohgemut von den Leistungen der Emanzipation und Assimilation sprechen und von dem deutsch-jüdischen Amalgam. Scholems langes Leben verwies allen aufklärerischen Optimismus, verwies die rituelle Berufung auf die Lessing und Mommsen in das Reich der Illusion, der Utopie, »ein schöner Traum«. Und er stritt gegen den beharrlichen Hang zum Selbstbetrug der Juden in Deutschland. Ein deutscher Jude bleibt – nicht nach dem Verständnis der Nichtjuden, aber nach *seinem* Verständnis – immer auch ein Bürger Israels. Gershom Scholem – ein vorbehaltlicher Zionist. Zionist, der er war nicht aus politischer, sondern aus moralischer Überzeugung. Diesem Israel verpflichtet als einer, der – wie Martin Buber, wie Leo Baeck, aber eben anders als sie – sein Denken und Handeln der inneren Erneuerung des Judentums widmete. Einer, der das Schicksal und seine Forderung, Jude *und* Deutscher zu sein, als Aporie erkannte, – als Weglosigkeit also, und der diesen Weg der Weglosigkeit ging.

Man kann auf dem jüdischen Friedhof Weißensee ihm und den Seinen begegnen: das Grab seiner Mutter; seines Vaters; seines Bruders, der 1940 im Konzentrationslager Buchenwald ermordet wurde. Auf dem Stein die Namen: *Arthur Scholem* (gest. 1925); *Betty Scholem, geb. Hirsch* (gest. in Sydney 1946); *Werner Scholem* (der 1940 ermordete Bruder); und *Erich Scholem* (der andere Bruder, der 1965 in Sydney starb).

Dann aber ist, nach dem 21. Februar 1982, hinzugemeißelt worden der Name *Gerhard G. Scholem*. Begraben ist er in Jerusalem. Aber er hat zwei Gräber, ein deutsches, ein jüdisches. Das jüdische ist das endgültige.

Es wäre pure Anmaßung, wollte ich mit dem Gestus der Kompetenz von der Leistung des großen Gelehrten reden, von dem Ergründer der Kabbala, dem Judaisten, dem Philosophen, dem Philologen. Der erste Fellow aber war er insofern, als er der Größte war in diesem ersten Jahrgang des Wissenschaftskollegs 1981/82. Und doch zögert der betrachtende Blick, ihn mit dem Schein gleichmachender

Kollegialität als unseren *Fellow* zu bezeichnen, – so hat es Hartmut von Hentig, auch er Genosse dieses ersten Coetus, in seiner bewegenden Gedenkrede gesagt: Es ist ein Akt auch der Hoffart, wenn wir uns als seine Fellows bezeichnen, so durfte *er* uns sehen, nicht wir ihn, – er war weit über uns, auch wenn er mit uns war, und insofern nicht der erste Fellow, sondern ein Einziger.

So sehen wir ihn vor uns, die wir damals seine Gastgeber sein durften: hoch aufgeschossen, aber sanft – nein, nicht gebeugt, jedoch geneigt. Voller Lebhaftigkeit mit jünglingshafter Neugier dem Gespräch und dem Gesprächspartner zugewandt. Die großen Ohren nicht etwa im banalen Sinne abstehend, sondern wie Lauscher in die Welt gestreckt, um jegliches Signal aufzunehmen. Sein Gebaren vielleicht autoritativ, nie autoritär. Von der behutsamsten Höflichkeit gegenüber den Mitarbeitern, den Angestellten. In seinem Arbeitszimmer – am Ende des Ganges links im Parterre der Wallotstraße 19 – hielt er inmitten der vielen Bücher und Manuskripte immer eine Schachtel bereit mit Schokoladen, die er freigebig aber bedacht austeilte an solche, die dieser Verwöhnung würdig waren. Zum selbst mitgebrachten Inventar zählte auch der Regenschirm, nach seinen Worten ausschließlich dazu da, um vergessen zu werden … Und, so gut er reden konnte, so gut verstand er zuzuhören. Wenngleich eine gewisse Ungeduld unverkennbar war im Falle intellektueller Insuffizienz des anderen, der dann kein Partner mehr war, sondern ein Gegenüber.

Er hat kein Wesens davon gemacht, aber seine Bereitschaft, die Einladung des Wissenschaftskollegs anzunehmen, war eine Geste großer Menschlichkeit. Da war nichts von Vergeben oder gar Vergessen, sondern der klare, der entschiedene Wille, nach dem Geschehenen das Geschehende zu beobachten, kennen zu lernen. Da war nach dem Erleben dieses Geschichtsereignisses von unfasslich-unbeschreibbarer Unmenschlichkeit, gleichwohl von Menschen gemacht, – nach dem Erleben dieser Hitlerschen, nationalsozialistischen, dieser deutschen Epoche, war der Schritt zurück nach Berlin ein Schritt voraus, und einer von hoher Humanität. Und es traf sich, dass er koinzidierte mit einem anderen Vorgang, mit Scholems Wahl in die Friedensklasse des Ordens *Pour le Mérite*, auch hier war es sein Ja, das Größe bezeugte.

Ich setzte ein mit der Erinnerung an jenes Abendessen, dessen Folge Scholems Zusage war, sich zu einem Institut zu bekennen, das damals nichts war als Wille und Vorstellung, nichts war als Absicht und Versprechen. Sich zu diesem Projekt in seiner ersten Stunde zu bekennen bedeutete für diese damals ungesicherte und von mancherlei Anfechtung, Zweifel und Gegnerschaft bedrohte Institution eine Armierung, die uns – sagen wir: bis auf eine Ferse – unverwundbar machte.

Scholems Bereitschaft, das Bemühen um ein neues Verstehen und ein neues Verständnis für dieses Deutschland und seine Haltung zum Judentum zu demonstrieren, erwies sich auch in seiner Bereitschaft, die Einweihungsfeier im November 1981 zu einem Ereignis zu machen, das der Weihe des Hauses gleichkam. Er schenkte uns, schenkte der Stadt und ihren bedeutendsten kulturellen und politischen Repräsentanten den Vortrag über *Die Stellung der Kabbala in der europäischen Geistesgeschichte*. Diese Stellung und Wirkung ist ein Symptom für den Reichtum der Einseitigkeit, – nicht etwa für ein (behauptetes) wechselseitiges Geben und Nehmen. Sondern die Nichtjuden, sie waren – jenseits der jüdischen Religiosität – die Empfangenden über die Jahrhunderte hinweg, und sie gaben wenig. Aber sie gaben anderes, gaben in reichem Maße Verhöhnung, Vertreibung, Brandschatzung und Mord.

Ich sage es mit den Worten von Walter Boehlich:

> *Sie haben in der Tat den Deutschen, die ihnen den Tod gaben ihrerseits, viel gegeben, mehr als anderen (...), und sie geben ihnen nach ihrer Auslöschung immer noch, was heißt, daß der Versuch der Juden, unter Deutschen zu leben, nicht ganz ohne Folgen geblieben ist. Selbst wenn die Juden und die Deutschen keine gemeinsame Geschichte gehabt haben, sondern nur einige Deutsche und einige Juden unterschiedlich positiv aufeinander reagiert haben, ist diese mißglückte ›Geschichte‹ doch Geschichte und damit ein Stück künftiger Möglichkeit.*

Scholem, er war als der Älteste einer der Jüngsten unter unserem Dach, von unermüdeter Unmittelbarkeit im Gespräch, im modellhaften Durchdenken der Probleme vor der Zeugenschaft der Lernenden. Nie eitel oder gar arrogant, sondern von entschiedener Deutlichkeit, die gelegentlich durchsetzt war mit unverstellter Missbilligung angesichts klagenswert sich enthüllender Ahnungslosigkeit. Die Sprache verlor, ganz bewusst, nie ihren Berliner Tonfall, den hatte er geliebt von Jugend auf, und ihn in seiner volkstümlichsten Lautung tönen zu lassen, war in dem bürgerlich-häuslichen Ambiente der Familie verpönt. Die Kenner bezeugen, dass dieser berlinische Klang auch durchschlug in Scholems Gebrauch des Hebräischen, dem er gelegentlich, wenn es denn anders nicht ging, das definitive Wort »Quatsch!« untermischte ...

Er war auch ein wunderbarer Briefschreiber. Auf die Bitte des Rektors hin, die Eröffnung des Kollegs zu einer Feier zu machen durch seinen Festvortrag, war seine Antwort von jener liebenswürdigen Grandezza, die alle seine brieflichen Äußerungen auszeichnete und trug:

> *Selbstverständlich kann ich mich Ihrer Bitte nicht entziehen und werde also wunschgemäß und mit geschwollener Brust – vorausgesetzt dass ich nicht gerade Bronchitis habe, wofür ja im November die beste Chance besteht – den wissenschaftlichen Vortrag bei dieser feierlichen Eröffnung halten, wobei*

ich mich gebührend als Jude, Israeli, Berliner und Kabbala-Forscher (...) vorstellen darf. (...) Ob es mir gelingen wird, das Publikum bei Laune zu halten, ist eine heikle Frage, da ich meinen Berliner Mutterwitz sowohl mit Rücksicht auf den Ernst des Themas (...) als auch die Erhabenheit der Stunde, nicht besonders strapazieren darf. Ich muss da also auf allseitige Liberalität und eventuelles Gratisangebot eines Antischlafmittels rekurrieren.

Unnötig zu beteuern, dass es dessen nicht bedurfte, das Antischlafmittel war der Redner selbst.

Anfang Dezember 1981 zog sich Scholem durch einen Sturz eine Hüftverletzung zu und musste mit der Hoffnung und Aussicht auf Erholung die Zeit des deutschen Weihnachtsfestes nutzen, um mit seiner Gattin Fania über die Schweiz nach Jerusalem zurückzukehren. Gast und Gastgeber glaubten an eine begrenzte Zeit der Trennung und sahen getrost der baldigen Wiederkehr entgegen. Scholems Brief aus Jerusalem vom 31. Januar 1982 ist der letzte, den er uns geschrieben hat, vermutlich einer seiner letzten Briefe überhaupt. Er berichtet von dem »Zustand meiner Hüfte«, der sich »auf natürliche Weise verbessert« habe. Keine Schmerzen mehr. »Wohl aber hat die außerordentliche Schwäche und Unfähigkeit zur Konzentration auf produktive Arbeit, die ich im Wissenschaftskolleg leisten wollte, die wachsende Besorgnis zuerst meines behandelnden Arztes und dann der Ärzte in der internen Abteilung des Universitäts-

Hospitals Hadassah auf sich gezogen.« Alle Untersuchungen seien »wie schon die vorigen in Zürich und Berlin ohne Ergebnis geblieben«, und es seien die Ärzte »vorläufig noch immer ratlos. Sie raten mir, bei dem klar vorliegenden Befund von Schmerzen und Schwäche bis auf weiteres nicht nach Berlin zurückzukehren.« Und auf die anrührendste Weise entschuldigt sich ein todkranker Mann dafür, dass er uns um Geduld bitten muss, »da ich vorläufig unfähig bin, den Erwartungen zu entsprechen, die Sie mit Recht auf mich setzten. Vor allem mein geplantes Buch zu schreiben, zu dem alle Materialien in meinem Arbeitszimmer in der Wallotstraße geblieben sind.«

Dann folgt ein Satz, der von jenem helfenden Nichtahnen, von jener schönen Illusion zeugt, die der letzten Phase des Lebens noch eine gewisse Tröstlichkeit zu geben vermag, – und die sich vermutlich dem wohl überlegten Beschluss der schweigenden Ärzte verdankt: »Jedenfalls haben sich alle Verdächte auf ernstere Erkrankungen, wie etwa Krebs, als grundlos erwiesen.«

Der Brief schließt bewegend mit »herzlichen Grüßen und Entschuldigung an alle Kollegen unserer Gruppe« und mit der Bitte, »mich auch den Mitarbeitern des Kollegs für alles mir erwiesene Entgegenkommen mit herzlichem Dank in Erinnerung zu bringen«. (Und dem Worte »Mitarbeiter« hat er in feinster *political correctness* handschriftlich noch in Klammern das femininisierende Suffix -»innen« hinzugefügt.)

Drei Wochen später war Gershom Scholem tot, gestorben am 21. Februar 1982. Alle Welt – und nicht nur die gelehrte – trauerte um ihn. Das Wissenschaftskolleg feierte sein Andenken in einer Gedenkstunde im Juli 1982, seine Frau Fania war zugegen, es sprachen so würdig wie erhellend Klaus Schütz als ehemaliger deutscher Botschafter in Israel und sein Schüler und Nachfolger auf dem Lehrstuhl Zwi Werblowsky; – und im Namen der Fellows seines Jahrgangs Hartmut von Hentig. Und ließen den Menschen und sein Werk wissensreich und aus persönlichem Erleben wie gelehrter Nachfolge vor uns anschaulich werden.

Seine Witwe schrieb nach der Heimkehr von dieser Gedenkfeier die anrührenden Worte: »Mein Mann war sehr gern im Institut und genoss die letzten (sagen wir die vorletzten) Wochen seines Lebens in Arbeit und Tätigkeit, obwohl er schon so krank war. Das wussten wir aber nicht, da die Ärzte alle, in Israel, in der Schweiz und in Berlin fest behauptet haben er wäre gesund, und spielte er vor sich selbst gesund« (13. Juli 1982).

Das war ein halbes Jahr nach seinem Tod. Unmittelbar nach dem Erhalt aber der Todesnachricht hatte der Rektor einige Sätze an die Witwe geschrieben, die man nicht der üblichen Beileidsrhetorik zuschlagen wird, sie entsprangen dem unmittelbaren Impuls und spiegeln die dunkle Schwermut wider, die das Kolleg erfüllte:

Kein Tag, an dem hier in unserem Hause nicht sein Name fällt, keine Gelegenheit, bei der nicht die zuversichtliche Vermutung geäußert wird, hier hätte er, Gershom Scholem, uns ein wichtiges, klärendes, Zweifel beseitigendes oder Zweifel förderndes Wort zu sagen. Er war uns allen hier nicht nur Freund und Lehrer, sondern ein Vorbild in der strengen Weisheit und der lauteren Güte seines Denkens, Handelns und Argumentierens (2. März 1982).

(Als triste Kuriosität, wie sie Teil des realen Lebensvollzugs ist, sei noch erwähnt, dass uns, datiert vom 25. Februar 1982, also vier Tage nach Scholems Hinscheiden, ein Formblatt des Finanzamtes Zehlendorf erreichte, darin es heißt: »Sehr geehrter Herr Prof. Dr. Scholem! Nach meinen Unterlagen haben Sie Stipendien aus dem Wissenschaftskolleg erhalten. Ich bitte um schriftliche oder telefonische Mitteilung innerhalb einer Woche, bei welchem Finanzamt und unter welcher Steuernummer Sie einkommenssteuerlich geführt werden.«

Scholems bemerkenswerter berlinisch-jüdisch getönter Humor hätte sich gewiss bei dieser Frage nach der nunmehr gültigen Adresse eines zuständigen Finanzamtes und der Steuernummer erheitert, – wo immer sie ihn erreicht haben mag …

Übrigens kann ich die beiläufige, aber doch auffallende Bezüglichkeit nicht unterschlagen, dass das schreibende Finanzamt auch eine Adresse hat, und zwar: »Martin-Buber-Straße 20« …!)

Jeglichem Gedenken an die Furchtbarkeit des deutschen Judenmordes ist die Gefahr des Scheiterns immanent. Das gilt auch für jegliche Form eines Mahnmals. Es ist deutlich, worin die letztlich unaufhebbare Schwierigkeit besteht. Eine Aporie. Es geht um die künstlerische, die bildhafte Verdinglichung eines Vorgangs, der sich in seiner Furchtbarkeit allem Verstehen entzieht. So hat es Dolf Sternberger einmal ausgedrückt, als es um das *Schweigen über Auschwitz* ging:

> *Die wahnsinnige Untat, die mit dem Namen ›Auschwitz‹ bezeichnet wird, läßt sich in Wahrheit gar nicht verstehen, läßt sich nur berichten ... Wer aber den Zweck dieser Verrichtung, wer die Ausführung dieses Plans als solche verstehen wollte, der müßte darüber den Verstand verlieren. Und wer den Verstand nicht zu verlieren imstande ist, der hat dieses Phänomen ›Auschwitz‹ noch gar nicht eigentlich wahrgenommen.*

Eine solche Überlegung macht begreiflich, warum auch die ehrlichste Gedenkrede zu veräußerlichen droht wie ein tönend Erz oder eine klingende Schelle ...

Golo Mann hat solches bedenkend einmal Worte tiefer bitterer Schwermut gefunden, das Geschäft des Historikers weit hinter sich zurücklassend, und an die ältere Generation unter uns Lebenden denkend, die in der ihr nachfolgenden nicht aufgehoben ist:

> *Wer die dreißiger und vierziger Jahre als Deutscher durchlebt hat, (...) der kann seiner Nation nie mehr völlig trauen, der kann der Demokratie so wenig völlig trauen wie einer anderen Staatsform, der kann dem Menschen überhaupt nicht mehr völlig trauen und am wenigsten dem, was Optimisten früher den ›Sinn der Geschichte‹ nannten. Der wird, wie sehr er sich auch Mühe geben mag und soll, in tiefster Seele traurig bleiben, bis er stirbt.*

Die Generation, die Generationen nach diesem Wort eines großen Schilderers geschichtlicher Epochen werden mit sich selbst ausmachen müssen, inwieweit dieses Gesetz der grenzenlosen Traurigkeit für sie gilt. Man würde gern mit Gershom Scholem über dieses Urteil sprechen, sich von ihm belehren, sich von ihm provozieren lassen im Disput über das Wesen der Geschichte, das Wesen Gottes (nicht nur des jüdischen), über den Mythos und das Mythische, über das Numinose der Sprache und ihre Metaphysik.

Übrigens: Er schrieb in drei Sprachen, Englisch und Hebräisch und Deutsch, – aber sein Deutsch ist von einer Klarheit und Transparenz, die man erklärend zurückführen möchte auch auf seinen Auszug aus dem deutschen Sprachgebiet 1923. Seine Worte sind noch ›rein‹, sind gewissermaßen unbefleckt. Er schrieb, wie Jörg Drews es im Nachwort der Briefe ausdrückte, *ein so genaues, sachliches und uneitles Deutsch (…), wie es in unserer Generation gar nicht mehr vorkommt. Es gibt Passagen seiner Schriften, etwa auch in den drei Bänden ›Judaica‹ in der Bibliothek Suhrkamp, die man über das Inhaltliche hinaus lesen kann als vollkommene Modelle einer Angemessenheit der Sprache zur verhandelten Sache. Das ist, was die Alten die Adaequatio verbi ad rem nannten.*

Ich will hier nicht dem Automatismus einer verklärenden Gedenkrhetorik anheimfallen und so tun, als wäre das persönliche Wesen dieses Mannes nur von sanfter Liebenswürdigkeit gezeichnet gewesen, besonnt von der Gabe alles-verstehender Menschlichkeit. Er konnte auch starrsinnig sein, wie seine Freunde und Kollegen bezeugen, – Jörg Drews spricht freundlich von seinem »kauzig-trockenen Charme« –, und wie dürfte man wohl annehmen, dass »seine oft qualvolle Suche nach dem Wesen des Judentums« nicht auch ihre Scharten gegraben hätte in die Wesensschichten des großen Mannes. Das kann nicht abgehen ohne die Härte von Gegensätzen und Widersprüchen. Wie denn auch bezeichnend ist »für Scholems sperrige Größe, daß sein Werk sich nicht eindeutig einer einzigen Disziplin zuordnen läßt« (Gary Smith).

Wenige hundert Schritte vom Wissenschaftskolleg entfernt, im Hause Delbrückstraße 23 (Ecke der jetzigen Richard-Strauss-Straße) machte der damals

17-jährige Gerhard Scholem einem fünf Jahre Älteren einen ersten Besuch, – auf durchaus zeremoniöse Weise und infolge eines ihm zugegangenen Einladungs-Billets. Das war der Beginn der wichtigsten Beziehung seines Lebens, der Freundschaft zu Walter Benjamin. Zu jenem Benjamin, um den er beharrlich gerungen hat, ohne doch, obwohl der Jüngere, sein Jünger zu sein. Denn er war der Weisere. Und den er nicht hat retten können (es ist aber auch wohl der Gedanke erlaubt, dass Benjamin gar nicht hatte gerettet werden wollen …). Eines der Zeugnisse dieser Beziehung sind *95 Thesen über Judentum und Zionismus, teils aus alten, teils aus ungeschriebenen Büchern ausgezogen und aufgestellt.* Sie sind vielfach dialektisch gewendet und zum Teil Gegenthesen ihrer selbst, »als eine Herausforderung gedacht, durchaus im Gestus der 95 Thesen, die Luther an der Tür der Schlosskirche zu Wittenberg anschlug« (Gary Smith). Bestimmt waren sie als Gabe für Benjamin zu dessen 26. Geburtstag. Ihm aber nicht überreicht, – »nicht ausgeführt!«, wie Scholem notierte, und zum ersten Male 1995 publiziert. Ihre Ursprünge, ihre Quellen und ihre Bedeutung für Scholem und Benjamin wie für die Ergründung des Judentums und seiner »Seele« zu erwägen, kann meine Sache nicht sein, ich begnüge mich, zwei von ihnen zum Abschluss dieser sehr persönlich getönten Erinnerungen zu zitieren, sie scheinen mir den Geist des Mannes auf wunderbare Weise zu reflektieren. Und ich beziehe sie kontrapunktisch aufeinander:

10. Gerechtigkeit ist der höchste Ausdruck der Ordnung im Judentum.

13. Mit Gerechtigkeit zaubert man nicht, wohl aber mit Liebe.

Wie die Arbeit im Wissenschaftskolleg anfing

Es war an einem noch spätsommerlich grüßenden Herbsttag, dem 6. November des Jahres 1981, dass die Arbeit des Wissenschaftskollegs offiziell ihren Anfang nahm und die ersten Fellows einzogen. Und zwar in das Mutterhaus Wallotstraße 19. Als Ausdruck der wachsenden Bedeutung und Ausstrahlung des Kollegs gilt uns dann im Laufe der nächsten Jahre auch das Wuchern des Gebäudekomplexes, der sich schließlich auf vier Häuser bemaß.

Die ersten Fellows mit ihren, das verdient ausdrückliche Erwähnung, Familienangehörigen. Denn von allem Anfang an wussten wir uns des Gesetzes der familiären Bande verpflichtet, die Einladung galt also auch dem weiblichen oder männlichen Ehegatten (später dann den so genannten »Lebensgefährten«, – als träfe solche Bestimmung nicht auch den Ehepartner und die Kinder).

Doch empfanden wir es auch als nicht weniger natürlich, wenn ein Fellow die Abgeschiedenheit und Distanz von der gewohnten Umgebung über eine gewisse Zeitdauer hin für angemessen hielt und als Einzelgänger kam. An der schlichten Eröffnungsfeier nahm auch die Politik teil, – und ihre Repräsentanten und Exekutoren erhielten uns in der Folgezeit ihre Anteilnahme in Treue. Damals war es der Regierende Bürgermeister Richard von Weizsäcker, und unser unmittelbarer Dienstherr war als Nachfolger von Peter Glotz, wie schon erwähnt, der Jurist Wilhelm Kewenig. Das Haus bleibt ihrem fördernden Wohlwollen für alle Zeit verpflichtet.

Richard von Weizsäcker ist ein deutscher Glücksfall, in ihm vereinigt sich, was hierzulande so selten zusammenfindet: Persönlichkeitsstruktur und Traditionsbewusstsein, Neigung zum Neuen und Wahrung des Bewährten, Geistnähe ohne Entrückung ins Unfassliche, Bürgernähe ohne das Abgleiten in populistische Scheingemeinsamkeit. Den Wissenschaften und Künsten zugetan nicht als Ausdruck von Amtspflicht, sondern seinem eigenen inneren Bedürfnis folgend als einem Gesetz.

Und all dies im Dienste jener Passion, die hierzulande als Profession sich antithetisch, ja feindlich profiliert zu allem, was mit intellektueller Analyse und musischer Welterfassung zu tun hat: im Dienste der Politik.

Mir ist bewusst, dass ich damit eines der Urthemen der menschlichen Gesellschaft und ihres Nachdenkens über sich selbst berührt habe. Das Fundamentalthema des Verhältnisses von Macht und Geist. Der König und der Philosoph. Der Feldherr und der Dichter. Friedrich der Große: morgens Mars, abends Apoll zu Diensten.

Ich reduziere die Antinomie auf gewissermaßen häusliche Größen und denke an Verhältnisse, wie sie im 19. und noch im 20. Jahrhundert gängig waren. Denke an die Rolle der Sprache, des Wortes in der Politik und der ihr zugeordneten Diplomatie. Manifeste und Interviews, Depeschen und Noten, geheim und öffentlich, privat als Brief und offiziell als Demarche: Das Wort machte über die Jahrhunderte der Neuzeit hin Wirklichkeit, indem es Politik machte. Geprägt-prägende Form, noch nicht erstarrt zur verholzten Formel. In der von mir noch miterlebten und doch schon der Historie anvertrauten Epoche waren es in unserem Lande zwei Politiker, die von diesem von der Geschichte ihres Metiers gestellten Anspruch bestehen konnten, – und das mit Glanz: Theodor Heuss, der das Welthaltige schwäbisch machte; und Carlo Schmid, der das Schwäbische welthaltig machte.

Und nun, in ihrer Nachfolge, Richard von Weizsäcker. Ich bin zu diesem Urteil befugt, denn der Regierende Bürgermeister, dann Bundespräsident, und der erste Rektor des Wissenschaftskollegs sind einander ungezählte Male – und nicht nur vorübergehend – begegnet. Was die uns ebenfalls verbindende Dreiecksbeziehung Richard Wagner – Richard von Weizsäcker und P. W. angeht, so hat Weizsäcker sie einem eleganten Sprüchlein anvertraut, mit dessen Hilfe er auf sehr unterschiedliche Weise allen dreien gerecht zu sein versucht: »Durch Wapnewski wird Wagner erst erträglich.« So unangemessen und ungerecht dieses Urteil auf den ersten und auch zweiten Blick zu sein scheint, so will ich es doch widerspruchslos hinnehmen, wenn damit angedeutet ist: dass meine Arbeiten zu Wagners Werk manchem Leser den Weg geebnet haben zum Verstehen dieses Kosmos, ohne das sie ärmer geblieben wären. Das weiß auch Weizsäcker, der gerne nach Bayreuth gefahren ist und der interessanterweise gelegentlich den »Tannhäuser« als Wagners »schwierigstes Werk« bezeichnet hat. Was wohl Reflex ist des späten Wagnerschen Selbstzeugnisses, kurz vor seinem Tod formuliert: »Ich bin der Welt noch den Tannhäuser schuldig.«

Weizsäcker blieb dem Wissenschaftskolleg hilfreich wohlgesonnen – von allem Anfang an. Nach den Erfahrungen vergleichbarer Institute in den USA und anderwärts hatten die Planungen als ideale Größe eine Besetzung durch etwa vierzig Fellows errechnet (dazu eine ungenaue Zahl von Angehörigen). Ein Maß, groß genug, um eine allzu engmaschige Verhakelung zu verhindern; und wiederum nicht so groß, als dass an die Stelle der Übersichtlichkeit die Anonymität der Vereinzelung hätte treten können. Der erste Coetus aber umfasste lediglich knapp die Hälfte dieser idealen Quantität, was sich leicht erklärt aus den Schwierigkeiten und Unzulänglichkeiten des Beginns. Das Kolleg war eine unbekannte Adresse, national wie international, die Auswahl war auch auf das Glück der Zufälligkeit angewiesen, und die Arbeit insgesamt auf den Segen der Improvisation.

Auch waren wir risikofreudig gewesen, was die Bestallung des Personals anging, – und hatten in der Folgezeit einige Fehlentscheidungen zu korrigieren.

Im Rückblick aber will es scheinen, als ob diese Crew 1981/82 durch die Inhomogenität ihrer Zusammensetzung und durch den Appell an ihre Bereitschaft, Neues zu erproben und das Erprobte zu festigen oder zu verwerfen, es an Vitalität und Intensität des Miteinander nicht nur nicht fehlen ließ, sondern die Unzulänglichkeiten in Zulänglichkeit, ja Gelingen verwandelte. So sei nach einem Vierteljahrhundert ihrer mit Hochachtung gedacht, deren einige ich mit Namen hervorhebe:

Den Philologen Dietz Bering; den spracherleuchtenden Romanisten, Stilforscher und Linguisten Hans Martin Gauger; den Pädagogen und Altphilologen Hartmut von Hentig; den Soziologen James S. Coleman; den Literaturwissenschaftler und Poeten Bruno Hillebrand; den Essayisten und Kritiker Hans Egon Holthusen; den Germanisten und Schriftsteller Uwe Pörksen; und, was unter den damaligen politischen Verhältnissen doch als leise Sensation gelten durfte, vier polnische Gelehrte: Marian Biskup, Gerard Labuda, Andrzej Tomascewski und Krzysztof Zielnica. Von allem Anfang uns zugehörig in beharrlicher Gewährung paternaler Freundschaft: der große Nietzsche-Forscher und -Editor Mazzino Montinari. Nähere Auskunft über das Gründungsjahr wie die ihm folgenden liefert das den Gang unserer Arbeit von Anfang an regelmäßig resümierende Jahrbuch.

Eines Fellows des zweiten Jahrgangs muss besonders gedacht werden. Auf Vorschlag Richard von Weizsäckers kam der Freiherr Axel von dem Bussche zu uns, – der Mann, der [zum Ende des Zweiten Weltkrieges] bewusst sein Leben zu opfern gewillt war, um den anderen zu töten, der den Tod grenzenlos über das alte Europa gebracht hatte. Nicht ehrten wir Bussche, ihn zum Fellow wählend, sondern seine Zusage und Anwesenheit ehrte uns.

Ich habe unter den Fellow-Namen Literaten erwähnt. Das mag verwundern. Indessen waren wir von Anfang an des Systems der *Septem artes liberales* eingedenk, das heißt jenes mittelalterlichen Bildungsgeflechts, das dem *Quadrivium*, also den *artes* der Naturwissenschaften, das musische Komplement, das *Trivium*, zur Seite stellte: Musik und Literatur, ursprünglich unter Rhetorik und Dialektik einbegriffen. Die Gründungsprämisse, die der »reinen Wissenschaft grundsätzlich das Moment der Kunst und des Künstlerischen zugewinnen wollte«, hat sich in der Folge glanzvoll bewährt. Die jeweils zwei oder drei Repräsentanten der Kunst und der ihr zugehörigen ästhetischen Selbstreflexion waren nahezu ausnahmslos Lichtgestalten in der eher monochromen Schar der Wissenschaften, und oft zählten die von ihnen bestrittenen internen oder eher noch die öffentlichen Auftritte zu den Höhepunkten des jeweiligen Jahresprogramms.

Die Kunst und ihre Exekutoren, sie taten, was von je Aufgabe und Beruf der Kunst ist, und taten es auch in unserem kleinen Kreise: Sie bestätigten sich im Programm des *Prodesse* und des *Delectare* und vitalisierten die im Prozess des Denkens und Nachdenkens der Abstraktion zugeneigte Atmosphäre des Hauses. In solchem Sinne wird man es nicht als eine Geste der Ungerechtigkeit gegenüber den Hekatomben der Wissenschaftler ansehen, wenn ich aus der Erinnerung die Namen und Gestalten einiger Kunst-Macher herausfördere: Nach Hans Egon Holthusen Dieter Wellershoff und Adolf Muschg und Reinhard Baumgart und Hans Magnus Enzensberger und Günter de Bruyn und Wolf Biermann und Mario Vargas Llosa und Robert Gernhardt und Jorge Semprún und Péter Nádas. Namen übrigens, wie dem Kenner nicht verborgen bleibt, die nicht die pure Poesie verkörpern, sondern die allesamt als *Poetae docti* der Literatur die Literaturkritik und die Gesetze der Poetik geschwisterlich verbinden. Diese noble Gewohnheit fand dann im Jahre 2002 ihre schönste Rechtfertigung in der Nobilitierung des so liebens- wie rühmenswerten Fellows Imre Kertész durch den Nobelpreis, – den das Kolleg eingeladen hatte, geraume Zeit bevor man an die Möglichkeit dieser so glanzvollen wie hochverdienten Ehrung denken durfte.

Zu den Dichtern traten Musiker, Komponisten, die zu den Größten ihres Metiers zählen: so Josef Tal, Alfred Schnittke, Luigi Nono, Hans Werner Henze, Luca Lombardi, Wolfgang Rihm, György Kurtág, das Artemis-Quartett, Helmut Lachenmann und

György Ligeti und Isabel Mundry und Stefan Litwin und Jörg Widmann. Mit ihnen der Dirigent Michael Gielen und der Komponist und Dirigent Hans Zender. Musik zur Sprache gebracht: so formuliert sich der Beitrag von Walter Levin, einst Primarius des berühmten LaSalle-Quartetts, seine Gesprächskonzerte überfüllten und überfüllen kraft ihrer Attraktivität des Hauses Räume. Gernhardt und Ligeti: Von beiden haben wir im Sommer 2006 Abschied nehmen müssen.

Pierre Boulez für die Dauer eines Fellow-Jahres zu gewinnen wollte uns nicht gelingen, er entschädigte den Verlust indessen durch häufige Vortragsbesuche, in denen er die Prinzipien seiner Musik den staunend Hörenden und Zuhörenden vorstellte.

Offenbar manifestiert sich in diesem Programm auch des Gründungsrektors Liebe zur Musik, die man landläufig wohl eine unglückliche Liebe insofern nennt, als ich im Kindesalter kläglich gescheitert war an dem Versuch, erst das Klavier, dann die Violine zu meistern. Es blieb: ein Kummer, lebenslang.

Zurück zu den Jahresringen des Kollegs. Unter den einzelnen Besatzungen verdienen unsere italienischen Freunde den Vorzug eines nur ihnen gewidmeten Kapitels. Ihr Temperament zeugte von der Gnade des mediterranen Wesens, das unter der hellen Oberfläche der daseinszugewandten Heiterkeit die Tiefe nicht zelebriert, aber sie stetig ahnen lässt. Kultur ist immer der Abgründigkeit nah, und dies zumal, wenn sie so alt und gehärtet ist wie die Substanz der Lateinisch-Römischen. Dank unseren Italienern blühte eine jede Mahlzeit im Gespräch über den Gaben von Brot und Wein, – und nie wurde der Speise die ihr gebührende Achtung vorenthalten. Von Giuseppe Bevilacqua lernten wir, was es auf sich hat mit der Kultur des Weines aus den toskanischen Anbaugebieten, vor allem natürlich mit jener der Sangiovese-Traube. Lernten zu unterscheiden zwischen Dutzenden von *Paste* und erlebten die sich über Stunden hinziehende Prozedur der Bereitung eines klassischen *Risotto Milanese*. Zur Ableistung minderer Küchendienste zog er seine Kollegen heran, vor allem den in heiterer Erbötigkeit ihm zur Hand gehenden Germanisten-Kollegen Luciano Zagari aus Pisa. Der gleiche Bevilacqua hatte zu seinem Bedauern seine Frau Barbara in Florenz zurücklassen müssen, weil sein kleiner Fiat, voll geladen mit Olivenöl, Käse und Stockfisch und Wein (in großen Gemäßen) sowie Trockengemüse und -obst, für einen zweiten Mitfahrenden keinen Platz mehr bot … Dank Giuseppe konnte man die tiefgründige Urverwandtschaft erfahren, die die Früchte der Erde verbindet mit der Dankgebärde der mantisch raunenden Poesie: Dem Literaturwissenschaftler Bevilacqua ist die tiefsinnigste Deutung der Gedichte Celans zu danken.

Nächst des klugen Pisaners Zagari ist Paola Zambellis zu gedenken, der scharfsinnigen Philosophin aus Florenz, – und ihrer abundierenden Gastfreundschaft. Später trat Pierangelo Schiera hinzu, der uns in Pesaro festlich Rossini verstehen ließ (und der, Jahre später, sich verdient machte durch die kompetente Leitung des Italienischen Kulturinstituts in Berlin). Über all diesem italisch leuchtenden Leben aber thronte seit dem ersten Jahr in serener Gelassenheit Mazzino Montinari, großer Nietzsche-Forscher und Editor der endgültigen Ausgabe seiner Werke, die er mit seinem Kollegen Colli begonnen, nach dessen Tod allein weitergeführt hat. Und die er konsequent fortsetzte, begleitet von einer Schar ihm innig anhängender gelehrter Helfer und angetrieben von dem unermüdlich ermunternden und unermüdlich zu Festgelagen einladenden de-Gruyter-Verleger Heinz Wenzel. Das Wissenschaftskolleg rechnet es sich zur Ehre an, dass es sein Teil beitragen durfte zum Gedeihen dieses gewaltigen editorischen Unternehmens. Bis wir, eines bittertraurigen Tages des Jahres 1986, unsern Freund Mazzino zu Grab tragen mussten. Viel zu früh, er war erst 58 Jahre alt.

Das Wissenschaftskolleg sträubt sich grundsätzlich, Berliner Bürger als Fellows aufzunehmen – ganz einfach, weil ihnen ja täglich Gelegenheit gegeben ist, diese Stadt in all ihrer Eigensinnigkeit, in ihrer Museums- und Theater- und Kiez-Kultur auf eigenen Wegen kennen zu lernen. Aber es gab Gründe, diesen Grundsatz nicht allzu streng zu exekutieren. Eine der Ausnahmen, die uns mindestens in gleichem Maße ehrte wie ihn, war Ivan Nagel. Er hatte, kurios genug, 1949 als Student in meinem Gotischen Proseminar in Heidelberg gesessen, sich angesichts der offensichtlichen Entbehrlichkeit dieser Materie herzlich langweilend, aber mir gleichwohl das freundlichste Angedenken bewahrend. Hatte dann über die Frankfurter Schule, über Adorno zum Theater gefunden und wurde zum Meister der Kritik, Dramaturgie und theatralischen Ästhetik. Um schließlich über München, Stuttgart und Hamburg als Professor an die Hochschule der Künste nach Berlin zu kommen. Was das Wissenschaftskolleg seit seinem Fellow-Jahr ihm, der uns beharrlich verbunden blieb, an Förderung und geistvoller Belehrung verdankt, mag man aus der andeutenden Aufzählung seiner Kompetenz ermessen. Von ihm konnte, wer dazu bereit war, lernen, was unter Geisteskultur zu verstehen ist: der organische Umgang des Erkenntnisvermögens mit Dichtung, Musik und Bildender Kunst, mit Mozart und Goya, – und der Moral des Politischen.

Schließlich Ivan Illich. Auch er zum Urgestein des ersten Jahrgangs gehörend und uns treu bis zu seinem 2003 in großer Tapferkeit erwarteten Tode. Ein kühner Einzelgänger, der die Menschen liebte, sich und ihnen abseits der gängigen Straßen sonderliche Wege bahnend, aus dem Studium der alten Kulturen die neuen Botschaften schöpfend und allen zugetan, die sich ihm anvertrauten. Und die mit ihm das fervente Misstrauen gegenüber konventionellen Schulmeinungen teilten, – vor allem der offiziellen Lehre der Medizin. Ein großer Eigen-Sinniger, seinesgleichen kennt eine nivellierte und hedonistisch orientierte Normgesellschaft nicht mehr.

»Nanu, Sie kennen Korff noch nicht?« Zugegeben,

ein etwas alberner Filmtitel, aber ganz unangebracht ist er doch auch in unserem seriösen Kontext nicht. Denn der Professor der Philosophie Friedrich Wilhelm Korff ist es wahrlich wert, gekannt zu werden. Nicht nur der Philosophie wegen, denn er ist auch Schriftsteller, ist Ingenieur, ist Flieger und Überflieger und manches noch mehr, so dass man ihm, die Ironie mochte noch so schelmisch gemeint sein und der Schelm noch so ironisch, durchaus nahe kam, wenn man ihn den »Grunewald-Leonardo« nannte. Es gelang ihm die Konstruktion eines Motors besonderer Art, dessen Jungfern-Präsentation unseren den leisen Tönen gewidmeten Festraum mit dem berstenden Knattern und den blauen Auspuffwolken des technischen Triumphes sprengte …

Was übrigens die Konzeption des Wissenschaftskollegs angeht, so muss man wissen, dass die Satzung wohlweislich forderte, dass der Rektor Inhaber eines Lehrstuhls an einer der Berliner Universitäten zu sein hatte. Sowohl die Freie Universität wie die Technische Universität waren grundsätzlich bereit, mich aufzunehmen, – doch waren die Gremien der FU nach wie vor insoweit linken Bildungsvorstellungen verpflichtet, als sie mit der Gründung des Wissenschaftskollegs die Vorstellung von einer Elite-Förderung verbanden. Die aber war damals noch zu fürchten und zu perhorreszieren. So vermochte der Präsident, mein Freund und Kollege Eberhard Lämmert, die sich sperrenden Gruppierungen nur mit Millimeterschritten voranzubefördern, – die TU hingegen war der FU weit überlegen und konnte sich pragmatisch der Wirklichkeit zuwenden. Diese Wirklichkeit war meine Berufung auf einen Lehrstuhl für Literatur des Mittelalters und ihre Rezeption.

Die Amtszeit des Rektors beträgt laut Satzung fünf Jahre. Sie zu verlängern ist dem Ermessen des Stiftungsrates freigestellt. Als seine Zeit sich dem Ende zuneigte, galt die größte Sorge des Gründungsrektors der Suche eines Nachfolgers. Denn zwar war das Fundament gelegt, die Bedeutung des Instituts in das allgemeinere Bewusstsein der *Scientific Community* eingraviert, – aber doch konnte, wenn die allgemeine politische und soziale Witterung widrig sein sollte, der noch im Wachstum aufstrebenden Pflanze Schaden widerfahren. Meine Schilderung hat bereits deutlich gemacht, dass diese durchaus nicht von der normativen Kraft des Selbstverständlichen verbürgte Gründung von Anfang an nicht nur in Maßen, sondern in der Fülle fast eines Übermaßes Fortune hatte. Und diese Segenskraft blieb ihr auch treu, als es um die elementar bedeutende Wahl des zweiten Rektors ging. Mit dem Sekretär des Hauses war ich mir einig, dass niemand unseren Wünschen und Bedürfnissen in derart idealem Maße entgegenkam wie ein damals nach akademischem Maßstab noch als jung geltender Sozialwissenschaftler, richtiger: Sozial- und Kulturwissenschaftler und Historiker, dem Princeton soeben die ehrenvolle Chance einer *Permanent Fellowship* offeriert hatte: Wolf Lepenies. Auch er, der dem Haus schon als Fellow zugehört hatte, dem es also bis in seine feinsten Winkel vertraut war, zeigte sich einem möglichen Angebot des Stiftungsrats gewogen. Nur eine Hürde war noch zu nehmen, nämlich die des anfänglich nicht nur zögernden, sondern sich sperrenden Senators. Das Princeton-Angebot und die Berufung auf ein Ordinariat der FU überzeugten schließlich auch ihn zugunsten von Lepenies. Der indes nicht unmittelbar nach meinem Lustrum antreten konnte – so ließ ich mich um ein weiteres Jahr verlängern und konnte im Herbst 1987 Wolf Lepenies als den neuen Rektor des Wissenschaftskollegs begrüßen und in sein Amt einführen. Und unser musischer Zweiter Sekretär, der von allen um seiner Pianistenkünste und jungenhaften Menschlichkeit willen geliebte Reinhard Prasser, hatte zu diesem Übergang von Peter W. zu Wolf L. die Musik arrangiert für kleines Orchester: Prokofieffs »Peter und der Wolf«.

Um es gleich zu sagen: In seiner langen, nämlich fünfzehn Jahre währenden Amtszeit wurden Lepenies und das Wissenschaftskolleg zu einem sie gemeinsam umfassenden Begriff. Er hat der Idee wie der Wirklichkeit dieses Institute for Advanced Study international einen gefestigten, ja glanzvollen Ruf verschafft. Seine und des Hauses Reputation vermochten es, das Wohlwollen von Sponsoren zu gewinnen und mit ihrer Hilfe weitere Institute dieser Art in Osteuropa zu gründen oder ihre Gründung zu befördern: so vor allem in Budapest, aber auch in Bukarest und in Mali. Sein Rektoramt hat Lepenies nicht daran gehindert, ein renommierter Autor seines Faches zu bleiben und dieses Renommee zu steigern: Vor allem durch zwei große Werke: *Die drei Kulturen* (1985) (darin der Autor den beiden Snowschen Kulturen der Geistes- und der Naturwissenschaften eine dritte, eben die der Sozialwissenschaften, zugesellt); und die Monografie über den spätromantischen Literaturkritiker und Schriftsteller Charles Augustin Sainte-Beuve (1997). Darin kommt er übrigens zu der erstaunlichen Einsicht, dass der Wunderbau der *Recherche* erstanden ist aus Prousts streitbaren Essays *Contre Sainte-Beuve*, – sich aus deren andeutenden Lineaturen entfaltend.

Was des Rektors Lepenies Einführungsakte in jeweils das Thema einer (meist abendlichen) Veranstaltung des Wissenschaftskollegs angeht, so erwarben sie sich legendären Ruhm. Denn es ereignete sich regelmäßig, dass unter dem anekdotischen Schirm und Charme seiner Einführung der solchermaßen Vorgestellte und sein Geschäft zu einer freundlichen Nebensache magerten, – ich weiß, was ich sage, der ich wohl ein Dutzend Mal unter seiner Protektion dem Podium anvertraut wurde.

Zu den Besonderheiten der Lepeniesschen Introduktion gehört nahezu gesetzmäßig das geistvolle Spiel der umrahmenden Assoziationen. Dieses rhetorisch virtuose Verfahren hat Goethe nach seiner Art voraussehend charakterisiert, und zwar mit der Feststellung:

Eine Sammlung von Anecdoten und Maximen ist für den Weltmann der größte Schatz, wenn er die ersten an schicklichen Orten ins Gespräch einzustreuen, der letzten im treffenden Falle sich zu erinnern weiß.

Im Jahre 2001 konnte Lepenies dann getrosten Mutes sein Haus den Händen des Verfassungsjuristen Dieter Grimm übergeben, der dieses Rektoramt schon aus der Nähe kannte, da er dem Wissenschaftlichen Beirat jahrelang angehört und ihm vorgesessen hatte.

Am Rande nur sei ein zentrales Faktum erwähnt: die Fairness und Freundschaft, mit der Lepenies seinen Vorgänger behandelte, – ihm selbst das Versagen als Doppelpartner an der Tischtennisplatte großmütig nachsehend. Seine Freundschaft, sich verfestigend mit jedem Jahr, erachte ich als eine der schönsten Früchte meines Rektor-Amtes, sein Humor und seine Gelehrsamkeit sind ein steter Lebenstrost. Reden, die er mir zu Ehren aus gegebenem Anlass gehalten hat, lassen mich wünschen, ich sei dem ähnlich, den er rühmend darstellt … Vor allem aber ehren sie ihn.

Wenn ihm im Herbst des Jahres 2006 in der Frankfurter Paulskirche der Friedenspreis des Deutschen Buchhandels überreicht wird, dann ehrt nicht nur eine wohlberatene Jury Wolf Lepenies, sondern die intellektuelle Szene, genauer: Elite, ehrt einen ihrer hervorragendsten Vertreter. Einen Mann, der – um es mit Friedrich Meinecke zu sagen – in Sturm wie in Windstille atmen kann, der Kultur macht aus dem Geist der ihm eigenen Kultur heraus. Streng als Gelehrter, souverän als Wissenschaftsorganisator und allumfassend als Publizist. Und über all dem das weisheitsfrohe Lächeln dessen, dem das Leben nichts vormacht. Er aber macht ihm vor, wie es ein wenig besser gelebt werden könnte. Auch wenn es im Tun und Streben Stückwerk ist und ein Haschen nach Wind.

Weit über die Kolleg-Gemeinschaft hinaus führte die Beziehung zu weiteren zwei Fellows. Beide mir schon vertraut aus Jahren zuvor. Beide Germanisten – aber dieser Wissenschaft auf sehr unterschiedliche Weise dienlich und nützlich.

Da war (und ist) Kurt Wölfel. Verdient um die Vertiefung unserer Kenntnisse unter anderem der Werke Lessings und Jean Pauls, – und diese beiden Namen sind charakteristisch für die Spannweite seines Wesens und Denkens. Zum einen ist er der strengen transparenten Balance des späten Aufklärers aus dem Sächsischen verpflichtet, – der aber auch, wunderlich genug, ein passionierter Spieler war. Dem anderen, dem aus dem Fränkischen, ist er nahe dank der Vertiefung in die zierverliebte Tiefsinnigkeit der Romane und Erzählungen. Niemand schreibt Briefe in so rokokoeleganter Anmut wie Wölfel, – schon um dieser Briefe willen lohnt es sich, mit ihm befreundet zu sein. Und auch um Barbaras, seiner Frau willen, zu deren charmanten Eigenwilligkeiten eine den Rahmen der üblichen Haustierhaltung sprengende Liebe zum Tier gehörte. So bereicherte eine Zeit lang neben Katze und Hund auch ein kleines Schwein ihren Haushalt.

Um Wapnewskis indessen hat Wölfel ein Verdienst besonderer Art. Noch bevor ich mir den Weg zu Richard Wagner gebahnt hatte, bahnte er uns den Weg nach Bayreuth: Ihm verdanken wir unseren ersten Festspielbesuch und also auch das Glück, noch die Spätauflagen der Inszenierungen Wieland Wagners erleben zu dürfen.

Der andere Fellow-Freund: Peter Stoltzenberg. Ein Theatermann, der die akademische (und höhere) Bildung zu verbinden vermochte mit der praktischen Arbeit vor der und auf der und hinter der Bühne. Eine Seltenheit, wie der Kenner weiß.

Er kam zu uns aus Heidelberg, dessen Theater er erfolgreich geleitet hatte. Kam nach Berlin, um sich mit der Geschichte der Schaubühne zu befassen. Das hatte, wie alles im Leben, sein Vorspiel. Es war im Jahre 1980. Wir machten uns, alter Gemeinsamkeiten eingedenk, auf den Weg zu einem Theaterereignis. Es wurde aber zu mehr, und Dank und Bewunderung für dieses Mehr gebühren Peter Stein und seiner Truppe. Allen voran der wunderbaren Jutta Lampe.

Es war der vierte Advent, drei Tage vor Weihnachten, und allerorten bereiteten sich die Menschen mit Heller und Pfennig auf den Heiligen Christ vor. Da opferten an die vierhundert Menschen ihren freien Tag, opferten ihn von ein Uhr mittags an und waren wohl zwölf Stunden später erst wieder zu Hause. Hatten aber Tage zuvor weitere Stunden schon hingegeben, um der Karten willen, die man nur durch langes Anstehen gewinnt. Ab eins also sitzen sie vor der noch gesperrten Tür, um halb zwei wird sie aufgemacht, es geht darum, mit Glück einen der Plätze an der Wand zu finden, und die sind rar. Man kann, merke ich, unter anderem von dieser Jugend etwas lernen, was der Jugend, wie man sie herkömmlich sieht, abgeht: Geduld nämlich.

Von diesem Publikum also ist die Rede, ich komme aus dem Staunen nicht heraus. Denn ich bin unter ihnen allen, es ist leicht zu sehen, wohl der Älteste. Das passiert mir zwar allmählich immer häufiger, und man muss es tragen, aber im Theater, im klassischen, bleibt es doch wunderlich. Auch bin ich mit einer anderen, aber doch wohl zehn Jahre jüngeren Randfigur (Stoltzenberg nämlich) der Einzige, der sich traut, Schlips zu zeigen. Freilich, dass Theater nicht mehr Selbstzelebrierung eines bürgerlichen Publikums ist, dass es nicht länger feierlichen Anspruch mit feierlicher Antwort verbindet, das ist gar nicht so neu. Wohl aber irritiert und fasziniert mich diese Überlegung:

Da wird vorgeführt, was man das klassische Erbe nennt, da wird inszeniert, was Mitte und Inbegriff der humanistisch-bürgerlichen Kultur war über Generationen hin, da wird das alte humanistische Gymnasium noch einmal provoziert zu glanzvoller Verherrlichung seiner Inhalte, da ist Aischylos und seine Welt von Göttern, Helden und Dämonen, da ist Zeus und Troja, Tantalos und Atreus und Thyest, da sind Iphigenie und Elektra, da leuchtet Apoll und segnet Athene, und da morden Klytämnestra und ihr Geliebter Aigisthos, und da werden sie gemordet, – kurzum, die ganze Antike ist da mit ihrem mythologischen Apparat und ihren vorgeschichtlichen Formationen, die Sonne Homers blitzt auf wie seine Unwetter toben.

Generationen haben ihre Kinder solcher Unterweisung ausgesetzt, und die Kinder haben Kinder in die gleiche Schule geschickt, und das Wesen der Bildung war gebunden an die Vorstellung vom Wesen der Antike, und gebildet war nur, wer Latein konnte und auch Griechisch. Dies alles ist vorbei.

Aber wenn nun diese antike Welt der flüchtigen Siege und dauernden Niederlagen, diese Geschichten von Überhebung und Betrug, von Eifersucht und Machtgier, von wilder Liebe und wütendem Verrat, – wenn all dieses einmal seine sinnfällige Darstellung findet in einer großen Inszenierung der trotzigen Gebärden und gewaltig virtuosen Sprechkunst und der entsagungsvollen Hingabe an die den Darsteller gänzlich verschlingende Rolle: Dann stellt nicht einer sich ein, nicht einer von den Rufern nach dem humanistischen Erbe, von den Verkündern der antiken Größe, von den Propheten des Bildungswertes der lateinischen und griechischen Sprache. Sie alle sind zu Hause geblieben, um den Adventskranz geschart, sie, von denen es doch auch in Berlin, gerade im von reifen Jahrgängen reichen Berlin, die große Zahl gibt. Im Berlin von Schinkel und Humboldt, von Schleiermacher und Droysen, von Mommsen und Wilamowitz und Spranger …

Wohl aber sind die da, denen man nachsagt, dass Hekabe ihnen Hekuba sei, und die in der Tat wohl nicht zusammenzucken würden, wollte Iphigenie ihnen und nicht dem König von Tauris das furchtbare Geheimnis anvertrauen: »Vernimm, ich bin aus Tantalos' Geschlecht!« Sie sind da, das Theater belagernd, es voll lagernd, denn die Stuhlreihen sind ausgeräumt und man sitzt gekrümmt und verknäuelt auf dem ansteigenden Fußboden, sie, die Jungen zwischen achtzehn und dreißig sind da in ihrer merkwürdigen Kleidung, die nicht unterscheiden will zwischen Mann und Frau, zwischen Arbeit und Freizeit, zwischen Sonntag und Alltag und Tag und Nacht. Sie sind da und haben das Ihre mit sich gebracht: Decken und Schlafsäcke, Beutel, darin Rotwein und Baguettes und Schmalz und Obst, es kann auch geschehen, dass auf Schrei und Tränen der Bühne das vertraute Plump-Geräusch des glücklich herausschießenden Flaschenkorkens unvermutet antwortet. Und in den zwei Ausruh-Stunden zwischen den drei Stücken legt sich alles lang, einfach hingestreckt auf den Boden des Zuschauerraums, als wär's ein Stück vom Zuhause oder von Wald und Wiese, man schläft oder döst oder liest oder übt sich in Zärtlichkeit, wenn man nicht gerade – wieder einmal – geduldig ansteht, um seinen Gutschein für einen Napf Suppe umzutauschen.

Das also ist sie, die Generation, die nicht Bildung wollte, sondern Gesellschaftstheorie, nicht Griechisch, sondern Unterbau, eine Generation, die in den Augen alter und altersloser Gymnasiallehrer und ihrer Musterschüler gewiss ungebildet ist – und die hier Stunde um Stunde in angestrengter Versammlung hinbringt, nichts rührt sich, manche lesen im dämmerigen Licht den sperrigen Text mit, die Tortur der hingekauerten Körper scheint vergessen, sie schweigen in sichtlicher Betroffenheit, lachen kaum je an falscher Stelle, – aber bei solcher Feststellung machen sie einen schon unsicher, denn was ist das, eine falsche Stelle, wenn sie falsch lachen, möchte man meinen, auf einen falschen Punkt hingewiesen worden zu sein, mag Aischylos ihn verantworten oder Peter Stein. Auch die bedenkliche Bekehrung der wütenden Erinnyen zu stadtfreundlichen Eumeniden nehmen sie gelassen hin, mit ironischer Sanftmut, und dulden milde die Diskreditierung des Weibes, die Proklamation des männlichen Primats, wie ihn Athene, die mutterlos geborene, als Jutta Lampe richtend behauptet, damit der Weltgeschichte Europas das Ende des Matriarchats, den Beginn der Epoche des Patriarchats ankündigend. Die ja nun auf ihre furchtbare Weise neue Atridentragödien zu verantworten hat, aber davon ahnte Aischylos nichts, davon wissen nur seine jungen Zuschauer heute etwas, und da sie es wissen, können sie, was ihnen da deklamiert wird, als historische Position verstehen und in seiner anfechtbaren Gültigkeit skeptisch amüsiert hinnehmen.

Zehn Stunden für die Atriden und ihr fluchbeladenes Geschick. Zehn Stunden für des archaischen Griechenlands furchtbare Gesichte und Geschichte.

Zehn Stunden für Orest und Pylades, für Verbrechen, Wahnsinn und Entsühnung, zehn Stunden Argos, Delphi und Athen in Kreuzberg, lässig und gelassen angenommen im Äußern, und strikt und gespannt innerlich, – irgendwo in jeder der alten Erziehungsanstalten stand es zu lesen, bis zum Überdruss, dass wir nicht für die Schule, sondern für das Leben lernen. Hier wurde es deutlich, am vierten Advent 1980, das Lernenwollen des Lebens mittels der alten Bilder und Zeichen: am Halleschen Ufer von mittags bis nachts.

Wir wussten beide, was Theater vermag. Und Stoltzenberg wusste es genauer noch als ich. Aber dass es einlösen kann, was es seinem Anspruch und seiner Idee nach vermag, das erfuhren wir dank diesem Ereignis. Das für mich noch zum Spiel das Überspiel hatte, nämlich die Belehrung durch den erfahrenen Theatermann, die in dem Ganzen das Teil erkannte und ihm seinen Platz gab: eine Geste, eine Gebärde, ein Tonfall, ein Schritt und ein Sturz, – und all dieses im großen Spektakel mitleben ließ. Dass wir es miterlebten.

Stoltzenberg, ein Mann mit Abenteuerblut, nach der Promotion trieb es ihn in die Welt und er eroberte für die ihm anvertrauten Reisegruppen wie für sich selbst die Sonnenstrände Südeuropas und die Wüsten Afrikas. Aber zum Beruf wurde ihm eine andere Abenteuerwelt: die des Theaters. Beginnend als Dramaturg erst in Mannheim, dann an der Seite Werner Düggelins an der Freien Volksbühne in Berlin.

Sodann Intendant in Heidelberg, danach in Bremen, schließlich wieder in Heidelberg. Und sich unter anderem verdient machend nächst eigenen aufregenden Inszenierungen als Entdecker und Förderer von Talenten, die bei ihm klein begannen und später groß herauskamen. Theater als Festungen des hohen oder niederen Wahns zu behaupten, wurde sein Lebensberuf, – und doch hat er ihm aus jener Distanz, in die rationale Vernunft und klassische Bildungsbindung verwiesen, immer auch mit der Gestik einer *Reservatio mentalis* gegenübergestanden, Hüter in fremdem Haus.

Anders als im Falle Wölfel war es in der Begegnung mit Stoltzenberg die nicht-professionelle Gemeinsamkeit unter dem Dach des Wissenschaftskollegs, was zur Freundschaft führte. Über die Jahre hin danke ich ihm, Stoltzenberg, die dringlichsten und über nicht gezählte Stunden hin sich bewegenden Gespräche zu den bunten Hochzeiten, auf denen ich getanzt habe, – und ich behaupte, er hat fast jede Zeile des von mir Geschriebenen nicht nur gelesen, sondern sich auch mit ihr – wie dem Autor – auseinander gesetzt. Das ist wahrlich ein Grund zur Dankbarkeit, denn Wissenschaftler, die nomadisch arbeiten, sind willentlich-unwillentlich einsam und entbehren des bestätigenden Wider- oder Zuspruchs.

Zu den gelehrten Kollegen, die ich vergeblich nach Berlin in unser Kolleg zu locken versucht habe, wie Joachim Bumke, Albrecht Schöne, Karl Stackmann oder Jürgen Habermas, zählte auch Walter Jens. Den man nicht nennen kann, ohne seine Frau Inge zu nennen, zu deren bedeutenden philologisch-kulturhistorischen Verdiensten die Darstellung der Geschichte der Sektion für Dichtkunst der Preußischen Akademie der Künste gehören und die denkmalhafte Edition der Tagebücher Thomas Manns (ab 1944). Überdies Arbeiten zu Max Kommerell und den Geschwistern Scholl. Sie beide, Inge und Walter Jens, waren uns seit langen Jahren nah (auch weil Karlsruhe und Tübingen einander geografisch benachbart sind), – zu schweigen von der uralten ersten (Nicht-) Begegnung des Jahres 1944, wie sie im Freiburg-Kapitel des ersten Bandes geschildert ist. Wir blieben uns nah, – nicht zuletzt durch die Berliner Akademie der Künste, die Jens als Präsident in den Jahren nach dem Mauerfall und in der kollegialen Auseinandersetzung mit Heiner Müller durch bewegte Wogen erfolgreich steuerte. Er und ich haben, nahezu gleichaltrig, oft und oft öffentlich Zeugnis voneinander abgelegt. Es ergab sich mit den Jahren und runden Zahlen, dass er antrat, um auf mich eine Laudatio zu halten in der rhetorischen Fülle seiner Tübinger Latinität, – und ich wiederum durfte auf meine Weise das Meine tun, um ihm gerecht zu werden. Seine Prominenz ist keinem engenden Ressort zuzuschlagen, – was aber immer auch über ihn gesagt wird: Das Rühmen seiner Verdienste versäumt allermeist, der Elbströmung seines Humors gerecht zu werden, darin ihm nur wenige meiner Freunde gleichkommen: Lepenies, Norbert Miller und der Sinologe und Dichter Tilman Spengler (brillanter Fellow auch er).

Auf dem Präsidentenstuhl der Berliner Akademie der Künste folgte Walter Jens György Konrád, in dem der umarmende Charme der nächst Island und Irland literaturbesessensten Nation Europas pulsiert, nämlich Ungarns. Einer Nation, der auch das Wissenschaftskolleg mannigfach verpflichtet ist: in seinen Fellows Péter Nádas und Péter Esterházy – und dem schon erwähnten Nobelpreisträger Imre Kertész – gleich groß als Dichter wie in seiner noblen Gerechtigkeit und gütigen Humanität. In beidem tätig unterstützt durch seine wunderbare Frau Magda.

Zwei Akademien, der Sprache und Dichtung gewidmet

Nächst der American Medieval Academy ehrte mich 1986 die Deutsche Akademie für Sprache und Dichtung durch die Wahl zum Mitglied (fälschlich gern die »Darmstädter« genannt, sie ist aber die »Deutsche«, und mit Darmstadt verbindet sie lediglich das großzügig gewährte Domizil). Zwei Mal im Jahre Tagungen, immer erfreuend durch das Wiedersehen mit Freunden und oft bereichernd durch das jeweilige Programm, herbstlich in Darmstadt, im Frühjahr eine einladende Stadt im In- oder Ausland besuchend. Vier Preise verleiht sie jährlich, an deren Spitze der begehrte Büchner-Preis, der ein Schriftstellerwerk ehrt (hoch dotiert). Wohl ein Dutzend Mal konnte ich dieser noblen Institution nützlich sein durch die Übernahme der Laudatio des jeweiligen Preisträgers. Zu denen auch ich einmal gehörte, als man mir den Sigmund-Freud-Preis für Wissenschaftliche Prosa verlieh, – da war es Adolf Muschg, der das Loben übernahm. Dem ich lang schon vor der Zeit seines Fellow-Jahres und seiner Berliner Akademie-Präsidentschaft in Freundschaft verbunden war. Ihm und seiner samuraistolzen japanischen

Frau Atsuko; und oft haben wir beim Fendant oder Riesling uns klug geredet, wenn wir über das Deutsche im Helvetischen oder das Helvetische im Deutschen grübelten. Und über Dichter, die uns nahe standen.

Es war ein freudiger und künftige Freuden verheißender Tag, als die andere Akademie, die Berliner der Künste, ihn zu ihrem Präsidenten wählte. Ein Amt, das er vor der Zeit aufgab, entmutigt durch die Immobilität dieser stagnierenden Institution und ihrer sich wechselseitig lähmenden Kräfte, die sich verbrauchen im partikularen Egoismus. Im Frühjahr 2006 wählten wir nach langem und verwirrendem Suchen und Überreden den Juristen und Design-Künstler Klaus Staeck zu Muschgs Nachfolger und versprechen uns dank seinen künstlerischen Fantasien und seiner juristisch gebändigten Fantasie die dringend erwünschte und erforderte Renovatio dieses schwerbeweglich dümpelnden Corpus, dem die (Wieder-)Vereinigung mit seinem Ost-Teil nicht nur Gutes gebracht hat.

Ein letztes Mal: Universität

Die TU nahm den Rektor des Wissenschaftskollegs als Mitglied ihres Lehrkörpers prompt und mit offenen Armen auf. Was vor allem das Verdienst des *Decanus illius temporis*, des Althistorikers Werner Dahlheim sowie des Komparatisten Norbert Miller war. Die Verhandlungen verdienten kaum diesen aufwändigen Namen, der Präsident Starnick hieß mich so freundwillig willkommen wie der Kanzler, und sie konzedierten dem Rektor des Wissenschaftskollegs milde Bedingungen, das heißt bürdeten ihm keine allzu lastreichen Lehrverpflichtungen auf. So dass er sie einzurichten vermochte gemäß jeweils den Bedingungen des Rektor-Amtes.

Wie man weiß, ist die Universitätsgeschichte, vergleichbar der des Theaters, voll von lüsternen Berichten der kollegialen Rivalität, der neidvollen Intrigen, der eifernden Boshaftigkeit. In meiner Heidelberger Assistenzzeit, und zwar im Zusammenhang mit Bumkes und meiner Habilitation, hatte ich mehr als bekömmlich die Giftpartikel dieser akademischen Luft atmen müssen. Nachdem diese Phase vorbei und bewältigt war, habe ich nie wieder Handlungen oder Gesten der kollegialen Niedertracht erlebt. Das aber ist noch allzu kleinlaut ausgedrückt angesichts der, man muss sagen: Reinheit der Atmosphäre, wie sie in der reich besetzten Germanistik der TU herrschte. Reich besetzt, denn das Fach wurde repräsentiert zu und während meiner Zeit durch die Lehrstuhlinhaber Miller, Wiedemann, Zimmermann, Hartung, Baumgart und Cramer. Mit ihnen zu kooperieren war eine stimulierende Lust. Thomas Cramer, der sich in Karlsruhe habilitiert hatte und der anschließend auf den Lehrstuhl der Alten Germanistik in Aachen berufen worden war, vertrat jetzt an der TU neben mir, wirkungsvoller und in reicherem Maße lehrend als ich, unser gemeinsames Fach – Harald Hartung und Reinhard Baumgart lehrten die Literatur vor allem der neuen und neuesten Zeit; Conrad Wiedemann erforschte die Epoche der wider den Geist der Gerechtigkeit in den Schatten von Weimar und Jena gerückten Berliner späten Klassik. Und über Norbert Miller wäre ein Buch zu schreiben (zu dem ich weiter hinten nur Stichworte liefere).

Aber das Gedeihen der Geisteswissenschaften an der TU ist nicht zu denken ohne den Mann, der so etwas war wie die gelehrt-intellektuelle Variante der Figur Hans Werner Richters: nicht ohne Walter Höllerer. Den Dichter, Kritiker, Wissenschaftler, Lehrer – und Initiator des Literarischen Colloquiums am Wannsee, das nicht nur eine Lokalität war, sondern eine sich ständig erneuernde Quelle literarischer Kommunikation von Dichtern und ihren Gesellen. Seinem Enthusiasmus, seiner Energie und Überzeugungskraft ist wesentlich auch die Erweiterung und Vertiefung der TU zu einer die Geisteswissenschaften pflegenden Universität zu danken. Wir haben viel mit ihm verloren, als er 2003 starb nach langem Leiden. Und im Jahre 2006 will es scheinen, als entledige sich seine Universität auch seines akademischen Werkes. Unter dem Diktat der sich mindernden Haushaltsmittel und der durch diese Nöte ausgelösten Zwangsmaßnahmen der Um- und Neuordnung von Studiengängen und ihrer Einschränkung nimmt die TU Abschied von ihrer honorigen geisteswissenschaftlichen Fakultät und gibt sich mit Restbeständen der weiten Materie zufrieden.

Was indes meine Person betrifft, so habe ich wenig Anlass, mich als Lehrer und Verwalter bedeutsamer Verdienste um das Gedeihen der TU zu erinnern, – umso tiefer rührte mich an, dass sie mich im Herbst 2002 mit ihrer höchsten Auszeichnung ehrte: Sie ernannte mich zum *Ehrenbürger* (eine Würde, die auch ressortiert unter dem noch eindrucksvoller klingenden Titel eines *Ehrensenators*). Verdient oder nicht, dergleichen Erwägungen sind müßig, wenn es darum geht, das Tatsächliche zu verzeichnen, und so erfreue ich mich denn in Dankbarkeit dieses Status, der mich auch nach der Emeritierung dauerhaft an diese Hochschule bindet, – wiewohl sie mich heute irritiert durch die Produktion von Bachelor- und Masterdegrees …

Hier ist nun der Ort, zweier weiterer akademischer Ehrungen zu gedenken. Im Mai 2002 verlieh mir die

Philosophische Fakultät meiner alten Universität Heidelberg die Würde eines *Doctor honoris causa*, und man wird verstehen, dass und wie diese Ehrung mich rührte und bewegte. Ich dankte sie innerhalb der Fakultät vor allem dem Vertrauen des Neugermanisten (und Wagner-Forschers) Dieter Borchmeyer und dem Altgermanisten Fritz Peter Knapp sowie dem Dekan Helmuth Kiesel.

Der ehrwürdigen Tradition dieser Universität gemäß verlautbarte die ausladende Pergament-Urkunde meine Verdienste mittels der Sprache der alten Gelehrsamkeit: in einem der goldenen Latinität abgelauschten lateinischen Text. Seine honorige Diktion machte glaubhaft, was in unserer Gegenwartssprache vielleicht als minder bedeutend hätte gewertet werden können.

Staunenswerter aber noch, dass im Jahre 2004 die Philosophische Fakultät der Universität Freiburg mich auf gleiche Weise ehrte. Staunenswert, weil in den Annalen dieser ruhmvollen Hochschule keinerlei Verdienste meiner Person gebucht sind. Es sei denn, man wolle es als »Verdienst« erachten, dass mein Großvater Hennings und ich in den Matrikeln als Studierende eingezeichnet sind – im Abstand eines halben Jahrhunderts. Mein Dank gilt der Fakultät als Korporation wie einem ihrer Mitglieder: dem Romanisten und Linguisten Hans Martin Gauger und seinem Vertrauen in das, was ich als Literaturhistoriker getan hatte und vielleicht noch tun würde.

Abgesang

Das Alter, – es ist ein Kapitel für sich, und das soll hier nicht folgen. Denn mit seinem Alter und seinem Altern muss ein jeder fertig werden auf seine Weise, – solang er dazu Zeit und Kraft hat. Und wenig Worte dazu machen.

Mit zunehmendem Alter nimmt, wie denn nicht, des Körpers Bresthaftigkeit zu. Auch die der Seele: *vis inertiae*. Schäden, deren Heilung zu betreiben Ärzte, Arzneien und Kliniken sich bereithalten.

Ich kann davon ein Lied singen, – aber es klingt spröd und brüchig und lenkt die Aufmerksamkeit allzu sehr aufs Persönliche, allzu Persönliche. Es mag genügen, wenn ich notiere, dass ich *nel mezzo del cammin di mia vita*, die Wochen und Monate addiert, jahrelang und lange Jahre in Kliniken zugebracht habe. Nach mannigfachen Operationen der Gliedmaßen, des Herzens, des Auges, des Rückenmarks und der Wirbelsäule. Dies alles bleibe ohne Kommentar – mit Ausnahme dankbarer Erwähnung einiger Ärzte, die mehr waren als nur dem gehobenen Feldscher-Handwerk verpflichtet. Das gilt allererst von meinem Jugendfreund Werner Creutzfeldt, als hoch anerkannter Internist in Freiburg und Göttingen wirkend und gepriesen dank der Meisterschaft der rechten Diagnose (also auch Therapie). Da ist dankbar zu nennen der virtuose Ophthalmologe Professor M. Foerster; der unermüdlich das Herz wie das Gemüt umsorgende Kardiologe Horst Schmutzler; und der Souverän der Neurochirurgie Professor Mario Brock, – alle drei an Berlins Universitätsklinikum tätig. Ratend und klärend auch, obwohl um ein weniges älter sogar noch als ich, der dem philosophischen Denken verpflichtete Neurologe Dieter Janz, legitimer Erbe des Werkes Viktors von Weizsäcker.

Soweit die Namen, ein jeder von ihnen ist mit einem Stück auch meines Schicksals verbunden. Berichtet aber soll nur von allen Fällen der eine Fall werden, weil in ihm sich auf wunderliche Weise die Kunst der Oper verknüpft mit jenem Netz, das als Sozialfürsorge unterschiedslos jedermann einfängt, der gefangen und aufgefangen werden soll.

Ich rede von dem mich drei Mal treffenden System der so genannten ReHas, das meint: Rehabilitationskliniken, deren Netz sich spinnengleich über das Land ausbreitet vom salzluftigen Norden bis zum südlich umfächelten Bodensee. Hier findet sich ein, was nach Meinung der Heilkundigen der Klinikfürsorge nicht mehr, der weiterbehandelnden Nachsicht jedoch nach wie vor bedarf. Vorzüglich in Begleitung der Familie. Mein vor allem dem Äußeren zugewandter Augenblick beobachtete unter diesen Patienten staunend eine täglich zweimal aufwallende Woge der Esslust: wenn das Abendbrot um 17.15 Uhr angesagt war, dann stauten sich zehn Minuten vorher schon die Rollstühle vor der geschlossenen Schwingtür, den Weg zu den besten Bissen suchend. Wer zu spät kam – ich kam immer zu spät –, den strafte nicht etwa das Leben, eher prämiierte es ihn: Er durfte das Mahl ohne seine schon gesättigten Tischgenossen einnehmen. Der Kiosk nebenan verkaufte, wenn ich recht kalkuliert habe, täglich an die zweihundert BILD-Zeitungen, – und je eine »Süddeutsche« oder FAZ.

Dies alles hat offenbar wenig mit Oper zu tun. Und doch rettete mich Puccini. Ich habe erwähnt, dass meine Mutter sich nicht begnügte mit der Sprechrolle der Maria Stuart und der Iphigenie, sondern – nicht anders als ihre Schwestern – sich auch im Gesangsfach ausbilden ließ. Natürlich bin ich voreingenommen, aber ich liebte der Mutter samten schwingende Mezzo-Alt-Stimme und hörte gern die triumphierende Arie der Marina Mnischek aus dem *Boris Godunow*; oder die Klage der Penelope »Ich wob dies Gewand« – bei Tage, »und löste es weinend zu nächtlicher Zeit« …

Also wusste sich auch die Operndirektion der Städtischen Bühnen Kiel dieser Gabe der engagierten Schauspielerin zu bedienen, wenn es sich so ergab. Und es ergab sich: als das Mittel- und Rührstück in Puccinis spätem *Triptychon* inszeniert wurde. Für die Altpartie der Äbtissin griff man also auf die Stimme meiner Mutter zurück. Sie hatte Schwierigkeiten mit der Intonation des Einsatzes »Schwester Angelica!«.

Und viele Male schickte sie mich ins Nebenzimmer an den Flügel: »Bitte schlag doch mal *d-fis-g* an.« So getan, setzte sie dann voll timbriert ein: »Schwester Angelica!«.

Nun muss man wissen, dass die Kieler Oper (vermutlich nicht unbegründet) kleinmütig war in Bezug auf die Italienisch-Kenntnisse ihrer Besucher. Also wurde das Libretto in deutscher Version gesungen. Und so drangen die klingenden Worte in das Gedächtnis und Gemüt des damals wohl Zwölfjährigen: »Es kam, Euch zu besuchen, Eure Muhme die Fürstin!« Mit diesen harschen Worten kündigte die Äbtissin, also meine Mutter, der gebrochenen Angelica den herzlosen Besuch der erhabenen Verwandtschaft an. Verbunden mit dem strikten Schweigegebot: »Man darf im Sprechzimmer nur das reden, was der Gehorsam gebietet, – oder die Not!«

Das blieb haften. Über siebzig Jahre oder mehr. Und erwies sich als nützlich in der Not jener ReHa. Man wird verstehen, dass es mir nicht gegeben war, mit meinen Mitpatienten und ihrem Anhang plaudernde Konversation zu machen. Der Grund dieser Verweigerung war nicht Snobismus oder Hochmut, – der Grund war einfacher: Ich verstand die anderen schlichtweg nicht. Also schwieg ich.

Schweigsamkeit aber hat für die Plauderfrohen etwas Irritierendes. So stellte man mich denn eines Tages zur Rede. Und schenkte mir eine nicht erahnte Chance, indem man fragend mein Verhalten auf körperliche Defekte – oder auf eine religiöse Verpflichtung zurückführte. »Religiöse Verpflichtung«, innerlich jauchzend griff ich nach diesem Rettungsring, das Schweigegebot nicht zwar des Trappisten (den hätte man mir nicht abgenommen), wohl aber das über die unselige Suor Angelica verhängte beschwörend. Wie hatte es meine Mutter, wie also die Äbtissin in diesem unsäglichen, aber wohl doch sangbaren Deutsch psalmodiert? »Es kam, Euch zu besuchen, Eure Muhme die Fürstin!« Weiter, auf Angelicas »Ah!«: »Man darf im Sprechzimmer nur das reden, was der Gehorsam gebietet – oder die Not …!« Die Not war's, die mir jetzt die Zunge gab für den lang verschütteten Text, ich bekräftigte das religiöse Gebot, mechanisch repetierend: »… darf nur das reden, was der Gehorsam gebietet oder die Not!«

Von nun an umging man mich mit dezenter Scheu, – und ich trottete dem Ende meiner ReHa-Epoche mit Fassung entgegen.

(Zur Vergewisserung sei hier der originale Text von Giovacchino Forzano nachgeliefert: »*È venuta a trovarvi / Vostra zia Principessa!*« Und weiter: »*In parlatorio / Si dica quanto / Vuole ubbidienza, / necessità*«.)

Berlin

Wo wird einst des Wandermüden
Letzte Ruhestätte sein
Unter Palmen in dem Süden
Unter Linden an dem Rhein?

Klingt gut. Aber »Haben Sie's nicht ein bisschen kleiner?«, würde der Berliner in dieser Sache fragen. Der zum Fragen immerhin aufgerufen ist dank diesen Versen, in denen Heine auf wunderliche Weise die Linden ans Rheinufer pflanzt.

Die Linden aber gehören Berlin. Und der Mann, der jetzt ein alter Mann ist, weiß auf die Frage nach der »Heimat« nicht ohne weiteres zu antworten, wohl aber weiß er, dass er nun in Berlin zu Hause ist.

Eine Stadt für Zufälle, wie Ingeborg Bachmann erfuhr. Aber noch für mehr. Eine Stadt, die man eher noch beschreiben kann durch Aufzählung dessen, was ihr fehlt als durch einen Katalog von Gegebenheiten, denen eine gewisse Selbstverständlichkeit eigen ist.

Da ist allererst festzustellen: Es gibt in Berlin keine Gesellschaft. Es mag uns dieser Begriff preziös klingen und wie ein Lied aus alten Tagen. Und in der Tat will eine Binsenweisheit uns erinnern, dass allenthalben in den modernen Industriestaaten eine Nivellierung der Schichten stattgefunden, eine Einebnung der Formationen, die eine Grenzziehung zwischen den Klassen verwischt hat bis zu ihrer Aufhebung.

Das ist das eine. Das andere ist, dass überall da, wo Geschichte sich noch als gedächtnisfixierte, als Gegenwärtigkeit einklagende Macht lebendig erhalten hat: dass da auch »die Gesellschaft« noch am Leben ist. Mag sein, nur leise und längst vergilbte Privilegien abstreifend, und nicht mehr sich peinlich abschließend – jedem Neuankömmling den Zutritt verwehrend. Aber nur der Ahnungslose wird bestreiten können, dass es (um nur von Deutschland zu reden) in Hamburg oder München oder Köln oder Düsseldorf oder Bremen noch die Vorstellung »der Gesellschaft« gibt, der sich zugehörig zu fühlen ein Stück Lebenssicherheit und Lebensmut verleiht, – und mehr.

Berlin und der Verlust der Geschichte. Was einst die geistige Lebensform dieser Stadt ausgemacht hat, ist dahin. Es gibt den preußischen Adel nicht mehr, nicht mehr die Tradition des und der Militärs. Gibt den Landadel aus der Mark nicht mehr, dessen säkularer Bezugspunkt die Stadt war. Gibt die großen Industriellen nicht mehr und nicht mehr die jüdische Geheimrats-Intelligenz und Gelehrsamkeit. Mit andern Worten, es mangelt dieser Stadt an all dem, was einst den Geist der Salons segnete und was das Fontanesche ausmachte: nämlich die sich aus ihrer Geschichtlichkeit beglaubigende, form- und intellektgeprägte Selbstgewissheit. Sie ruht auf den Friedhöfen, – auf dem Dorotheenstädtischen, oder jenem anderen in Weißensee.

Stadt ohne Gesellschaft, – dafür aber mit »Prominenz«. Eine soziologische Größe, die sich mit Hilfe der Medien selbst erfindet und vergisst. Und deren Autorität auf nichts anderem beruht als auf ihrer flüchtigen Präsenz. Das aber ist doch nicht alles, vielmehr, um gerecht zu sein: Es gibt noch »die Gesellschaft« in Berlin. Sie heißt (nachdem Toto und Hellmut Becker von uns gegangen sind) nurmehr Wolf Jobst Siedler. Es ist nicht nur die Lebensleistung eines hochmögenden Publizisten und Verlegers, die ihn auszeichnet, sondern seine Geschichtlichkeit. Zu seinen Vorfahren zählen ein großer Bildhauer und ein großer Musiker. Beide waren wiederum mehr als dies, denn beide waren verkörperter Geist. Berliner Geist. Johann Gottfried Schadow und, ihm zeitlich vorausgehend, Carl Friedrich Zelter. Berlins Musikalität, – in Noten der Singakademie, in steingefertigten Monumenten der Kunstakademie. Klassizismus, das Klassische bewahrend. All dies verdichtet sich in Siedlers Sammlerglück, sein Haus im Dahlemer Falkenried ist, allem Musealen fremd, so etwas wie das Konzentrat des geistgeprägten Kunstsinnes seiner beiden großen Vorfahren.

Die Berliner Luft, sie ist angereichert mit Tönen des Missmuts. Aber dieser Laut hat seine Gründe, gute und ungute. Es ist die irritierende Melodik des verletzten Selbstbewusstseins, der fragenden Unsicherheit. Die Stadt, über zwei Generationen hin Objekt so fremder wie übergeordneter Interessen, findet (von je) nur langsam zu sich selbst. War sie lange und allzu lange Gegenstand weltpolitischer Machtspiele, Faustpfand und Frontstadt und ein »Phänomen besonderer Art«, so drängt sich nunmehr ungebärdig eine herrische Normalität auf, die weniger normal als ungewohnt ist. Denn Normalität hat diese Stadt nicht gelernt, sie passt auch nicht zu ihr. Ein Ort, der keine Enklave mehr ist und dennoch ein besonderer, ein Sonderfall, hat Schwierigkeiten mit der Orientierung. Man weiß nicht recht, wie man die Straßen benennen soll, denn an den alten Namen hängt dunkle Erinnerung, aber auch die ist gelebte Geschichte; und die neuen Namen wirken fremd und befremdlich, es sei denn, es handele sich bei den neuen um die ganz alten. Der Reichstag, eher berühmt durch Christo als durch Wallot, hat eine neue Kuppel, aber Reichstag, wie seit über hundert Jahren schon, soll er nicht mehr heißen. Man weiß auch nicht, wie die neuen Häuser aussehen sollen, die großen zumal, aus dem Boden gestampft und die Herrlichkeit des kapitalistischen Wirtschaftstriumphes anmaßend in den Himmel hebend. Geben sie der Hauptstadt künftig das Gesicht, und ist es das Gesicht, das die Hauptstadt sich selber gegeben hätte, wenn man sie hätte ihr Gesicht finden lassen?

Berlin hat seine Probleme, und es tut sich schwer, mit ihnen fertig zu werden. Denn das Übergangsstadium nach dem Fall der großen Mauer, es währt schon lang. Ost-Berlin ist immer noch Ost-Berlin und weit entfernt vom West-Teil der Stadt, – auch wenn man im Westen gelegentlich vom »ehemaligen Ost-Berlin« spricht, als ob der Mauerfall die Himmelsrichtungen umgepolt hätte. Immer noch zögert der westliche Berliner, sich den alten neuen Gebieten seiner Stadt vertraulich zu nähern. »Mitte« ist zwar eine schicke Vorzeigetheke geworden, die Hackeschen Höfe und flotte Kaufhäuser und Galerien spielen Urbanität und Weltläufigkeit auf enger Bühne, – und doch ist »Mitte« immer noch am Rande und der Ton zwischen den Bewohnern des einen Teils und denen des andern ist auf bemerkenswerte Weise fremdelnd. Es ist nicht zu bezweifeln: Die mit Gratismoral lange herbeigesehnte Vereinigung mit Menschen und Stadtteilen jenseits der Mauer hat Enttäuschungen gebracht, die die euphorischen Illusionen vom Kopf auf die Füße stellten: und im Westen der Stadt irritiert das freiwillig-unfreiwillige Opfer, im Osten der Widerwille, dessen Begünstigter zu sein. So denkt denn mancher leicht verstört zurück an jene Epoche, da die trennende Mauer Brüder und Schwestern noch harmonisch verband. Das exotische Land aber, das doch so nah gerückt ist, heißt auch jetzt immer noch »Westdeutschland«.

Weltstadt – es ist ja kein Zufall, dass pompöse Begriffe wie dieser und »Metropole« und »Hauptstadt« und »Kapitale« hier eher einen ironischen Beiklang angenommen haben, wir wissen, wie wenig wir vorerst eingelöst haben von den Elementen dieser

Ansprüche. Was Berlin war, ist deutlich: Preußens und Deutschlands Haupt- und spätberufene Großstadt, vital und grenzensprengend emporschießend unter Wilhelminischem Adler zur Zeit der wilden Industrialisierung. Schon damals war wenig nur spürbar von dem, was uns eine schöne Legende als »preußisch« bewahrt: eine Sache um ihrer Selbst willen tun. Mehr sein als scheinen. Pour le roi de Prusse. Dienen als stolzes Privileg. Sparsamkeit als Reichtum des Selbstbewusstseins. Spröde Anmut der Contenance. All dies, und »Üb immer Treu' und Redlichkeit«, – es ging früh schon auf in den Maßlosigkeiten der expandierenden Großstadt, der Hauptstadt des Reiches und der Reichshauptstadt. Und das kolportierte Bild des Berliners verband sich bald nur allzu innig mit der großen Klappe und dem Hackenschlagen und jenem – einen verborgenen Inferioritätskomplex andeutenden – »Wat denn, Berlin is doch keen Dorf …«. Und damit die Peinlichkeit ein bisschen verbrämt wurde, erfand man dazu die alberne Phrase der »Schnauze mit Herz«.

Es ist wahr, die neue Unübersichtlichkeit macht uns zu schaffen. Früher waren Himmelsrichtungen noch solche politischer Art und eindeutig, die Mauer garantierte den klaren Überblick, auf der einen Seite Osten und auf der anderen Westen. Jetzt ist Berlin die größte Baustelle Europas (oder weist gar mehrere größte Baustellen Europas auf), und unser schönes Wahrzeichen, das Tor, das Brandenburger, ist immer noch eine Sonderbarkeit, so groß, dass jeder feine

Gast von Übersee mit dem Regierenden Bürgerinnen- und Bürgermeister hindurchgehen muss, als sei ein solcher Vorgang nicht eines Tores eigentliche Bestimmung.

Der Kurfürstendamm, die Älteren unter uns erinnern sich noch, war ein Boulevard. Mit herrschaftlichen Bürgerhäusern und Vorgärten, mit eleganten Läden und superben Restaurants. Vom »Romanischen Café« ganz zu schweigen oder der »Johnny-Bar«. Nun aber hat die Weltstadt keinen Boulevard mehr, der Kurfürstendamm ist degeneriert zu einer in Beliebigkeit verschwimmenden Meile von Läden und Imbissstätten mit vorgebauter Glasvitrine. Man kann ihn hintrottend abarbeiten, aber nicht auf ihm flanieren, was, wie wir nicht erst seit Walter Benjamin wissen, zur Lieblingsbewegung des Großstädters gehört. Die Schloßstraße wiederum in Steglitz ist eine wuselige Einkaufsgegend und nichts als das und bar jeglicher Eleganz; und die alte Friedrichstraße in ihrem derzeitigen Zustand bietet sich allenfalls dar als eine wolkengreifende Anspruchsgebärde aus wechselnden Kränen und Baugerüsten und zur Vermietung anstehenden Halbfertigkeiten, und ab und an rieselt Glas aus glitzernden Fassaden auf die überraschten Passanten. Die neuen tausendfältigen Kinos holen Menschenmassen in die neuen Passagen-Labyrinthe, – aber Menschen, die dort wirklich leben (und leben wollen), die scheinen rar.

Eigentlich ist Berlin ein Konglomerat von Dörfern, zur großen Stadt zusammengekoppelt 1920. Viel zu viele Bezirke hat sie seitdem, und die dringend anstehende radikale Verwaltungsreform wird immer und immer wieder verschoben, obwohl sie eine Forderung der Vernunft ist. Nun höre man die Namen dieser Bezirke oder Reviere: Reinickendorf, Hellersdorf, Zehlendorf, Schmargendorf, Mariendorf, Dahlem-Dorf, Wilmersdorf. Nicht minder ländlich weht es uns an aus Weißensee, Friedrichshain und den vier Bezirken mit dem stolzen Zusatz »-berg« (die höchste natürliche Erhebung Berlins misst übrigens 115 Meter). Das aber ist es, was Berlin so liebenswert macht. Selbst wenn es eine Weltstadt wäre oder wieder wird, Weltstädte gibt es andere, und mit ihnen zu konkurrieren, wollte man Berlin kaum empfehlen. Selbst also gesetzt den Fall, es wird eine Metropole, eine Kapitale, eine richtige und nicht nur oktroyierte Hauptstadt: dann wird sich sein Substrat beharrlich erhalten und hindurchschimmern durch die Fassaden von Glanz und Glitter, von Wichtigtuerei in der Architektur und Großmannssucht in der Stadtplanung. Das richtige Berlin hat seinen Charme. Das Wort mag überraschen im Zusammenhang mit dem ruppigen und mäkeligen und formwidrigen Grundton seiner Bewohner, aber es hat in der Tat seinen Charme in seiner Ländlichkeit. Keine Weltstadt hat so viel Landschaft inmitten der Häuserfluchten, so viele Bäume und so viel Wiese und Park und so viel Grün in jeder Ecke. Da sitzt man denn unter Linde oder Ahorn oder Kastanie und lässt das Leben bei Berliner Weiße mit Schuss oder ohne und einem Klaren und einem

Rollmops Revue passieren. Nicht minder ländlich-idyllisch sind die Berliner Märkte, klein meist und von bescheidenem Anspruch, in ihrer Beschränkung etwa das Gegenstück des barocken Münchner Viktualienmarktes, aber es ist noch so etwas wie einsichtige Begrenzung darin, und Sparsamkeit und Nüchternheit auch. Berlin, den östlichen Steppenwinden eines kontinentalen Klimas wehrlos ausgesetzt, ist eine strahlende Sommerstadt wie nur eine, und wenn das Sonnenlicht durch den Blättervorhang bricht, dann sehnt man sich nicht weiter nach einem anderen Ort. Wenn man sich dann einfach auf den Weg hinaus macht, gleich, in welche Himmelsrichtung, dann breitet sich Landschaft aus in unbegrenzter Weite und Fülle, Seen und Wälder und Felder wie ein Volkslied der Romantik, und man blättert dankbar in seinem Fontane.

Das Provinzielle als die eigentliche Würde der großen Stadt. Bekenntnis zu ihren Ursprüngen, konservativ bewahrt von einem konservativen Menschenschlag. Die Eckkneipe mit der Molle. Das Café mit der Fensterinschrift: *Frühstück von 12 bis 17 Uhr.* Man merkt, in Berlin gehen die Uhren anders, und es stünde der Stadt gut an, wollte sie die läppische Entmündigung des natürlichen fürsorgenden Bürgerbedürfnisses am Gängelband des Ladenschlussgesetzes definitiv sprengen, so wie sie einst die Sperrstunde aufhob.

Berlin hat es nicht leicht, und es macht es sich und den Seinen nicht leicht. Es wird ja alles von ihm verlangt derzeit, und die Ansprüche und Planungen, die Hoffnungen und Visionen sprengen das an das Maß des Fasslichen gebundene Aufnahmevermögen seiner Bewohner. Weltstadt? Die großen Worte helfen nicht, eher die kleinen und harten und strengen. »Berlin hat in den glücklicheren Tagen seiner Vergangenheit als Werkstatt der Moderne gegolten, um heute nicht viel mehr als eine Abstellkammer der Post-Moderne zu sein«, – so konstatiert enttäuscht und nicht ohne Bitterkeit der Schriftsteller Rolf Schneider, wahrlich ein Kenner des einen wie des anderen Berlin. Und: »Das Charisma einer Weltstadt ist im Grunde unbenennbar.« Benennbar aber ist die Tatsache, dass Berlin derzeit dieses Charismas entbehrt.

Der Berliner ist ein Meckerer. Er ist muffig, zickig, mürrisch, ruppig. Er ist immerhin ehrlich genug, diese Eigenart gelegentlich nicht so sehr als rühmlich, sondern eher als peinlich zu empfinden, wissend, dass man der rauen Schale nur verzeiht, wenn sie weichen Kern verhüllt. So werden denn unvermutet von höherer Stelle Kampagnen der öffentlichen Liebenswürdigkeit arrangiert, und die Obrigkeit ermutigt ihre Bediensteten etwa zum gelegentlichen Gebrauch der menschenfrommen Phrase »bitte«. Als, es ist jetzt fünfundzwanzig Jahre her, ein Fremder aus dem fremden Westdeutschland sich – nicht zum ersten Mal – anschickte, zum Bürger dieser Stadt zu werden, da warf er sich, am Flughafen gelandet, in großer Terminnot in ein Taxi, das ihn in hurtiger Fahrt zum Ort der dienstlichen Besprechung brachte. Als Entgelt für dessen flottes Tempo händigte er dem Fahrer über den Tarifpreis hinaus ein Trinkgeld aus von ungewöhnlicher Höhe. Der strich es wortlos ein. Der Gast aber, aller Zeitknappheit zum Trotz, meinte nun doch aus dem Urgrund bürgerlicher Verhaltensnormen heraus eine belehrende Frage anbringen zu sollen: »Hören Sie: sagt man denn hier in Berlin nicht ›danke‹?« Der andere aber antwortete, und seine Augen streiften nur flüchtig den Fahrgast, fanden irgendwo in der Ferne ihren Halt in Bereichen, wo Form und Förmlichkeit und Konvention alle Geltung eingebüßt und abgegeben haben an die vage Substanz des eigentlich Wesentlichen, und sagte: »Manche saren et. Und manche saren et nich.«

Solche Haltung, mag man schließen, ist angesiedelt weit jenseits der Antithese von Welt und Provinz, und sie hat auch zu tun mit Berlin.

In mîner âbentzît ich bin. So singt mit alterssspröder Stimme der blinde Spruchdichter Reinmar von Zweter (um 1250). Und bestätigt diesen Selbstbefund mittels des klassischen Symptoms: Er klagt über die Jugend von heute ... Mich angehend, so bin ich jetzt immerhin so alt, dass die ausgesprochene Feststellung nichts mehr an sich hat von Koketterie. Und da geschieht es gelegentlich, dass man genötigt wird, sich zu seiner Heimat zu bekennen. Da habe ich, wie schon gesagt, meine Schwierigkeiten, Heimat klingt für mich nach bachhellem Volkslied und Almauftrieb und deutschem Wald und Jugendzeit-Sehnen. Da gehe ich den einfacheren Weg und verberge nicht, dass ich es gut habe in und mit dieser Stadt. Dieses einzigartige Ereignis genießend des *Rus in urbe*, der Landschaft in der Stadt. Einer parkdurchgrünten, flussgezeichneten, seegesprenkelten und -umkränzten Menschenstadt, in der Nachtigallen singen im Mai und Freunde im ganzen Jahr. Es ist wahr, hierorts macht das Klima ein Wetter von spröder Härte, ähnlich die handfesten Manieren und die Küche, aber es gibt Kompensationen, – man muss sie nur zu finden und zu genießen wissen. (Nur mit den Exkrementen der Hunde, täglich tausendfach abgeladen auf Straßen und Rasenflächen, ist schwer Friede zu schließen. Es gab mal die Legende von der preußischen Disziplin, die aber findet man heute im dank rigider Strafen reinlichen New York, nicht aber in Berlin, dessen Bewohnern die Hunde herzlicher ans Herz gewachsen sind als die Menschen.)

Friedrich Dürrenmatt, einst von einem Journalisten misstrauisch nach seinem Verhältnis zur Heimat befragt, erwiderte: »Sie irren sich, Herr Doktor, die Schweiz ist mir kein Problem, halt ein angenehmer Ort zum Arbeiten!« Sehr vereinfacht, gilt das Nämliche wohl auch für mein Verhältnis zu Berlin. Das aber genügt nicht. Denn ich muss hinzufügen: Ein angenehmer Ort für mich, weil einer meiner Freunde.

Und wie immer man das Brandenburgische Preußentum definieren mag, es ist allemal auch eines der Landschaft, der Natur, des immer wieder erneuten Staunens darüber, dass inmitten von Sand und Seen und Kiefern diese Stadt entstehen konnte mit dem Glanz des Schönen inmitten spröder Kargheit. Stendhal 1808: »Wie konnte bloß jemand auf die Idee kommen, mitten in all dem Sand eine Stadt zu gründen?« …

Galerie der Freunde

Älter werden, alt werden ist, wie oft gesagt, ein schwieriges und auch dunkles Kapitel in jedes Menschen Leben, die Zeugnisse der Literatur belehren uns, wie die Alten der alten Zeit, wie die Neueren der neuen mit diesem Prozess fertig werden – oder nicht fertig wurden. Das Thema »Alter« nötigt, jene Not zu bedenken, die Goethe mit so schlichten wie eindringlichen Worten immer wieder formuliert und variiert hat: »Lange leben heißt, Viele überleben«. Der Altgewordene wird nicht leicht daran tragen, dass der Kreis der Toten unter seinen Freunden immer weiter, der der Lebenden unter seinen Freunden immer enger wird. Da ist es ein kluges Verfahren, sich Trost und Hilfe suchend an die Weisheit der Weisen zu halten. So auch an die jüdische Bibel. Unter deren »Lehrbüchern« mir das des so genannten Predigers Salomon das liebste ist, der griechisch der *Ekklesiastes* heißt und hebräisch *Kohelet* (was »Versammler« bedeutet oder »Versammlungsmitglied«). In seiner säkularen skeptischen Philosophie ist der Autor dem Hiob-Autor nahe. Er weiß nebst vielen andern und schmerzschweren Traurigkeiten: »Denn wo viel Weisheit ist, da ist viel Grämens, und wer viel lernt, der muss viel leiden« (1,18). Schopenhauer-Vorklang. Weisheit indes ist auch nütze, die Wendung in die Helligkeit des Trostes wiederzufinden: »So sah ich denn, daß nichts Besseres ist, als daß ein Mensch fröhlich sei in seiner Arbeit; denn das ist sein Teil« (3,22). Dieses »Bessere« wagte Sigmund Freud – das mönchische Grundpostulat säkularisierend – »Glück« zu nennen: Lieben und arbeiten …

Das mag einen tröstlich anmuten wie Heimat – und also ist assoziiert, wie die Alten mit Cicero *patria* definierten: *Ubi bene, ibi patria.* Dem auf Innigkeit gestimmten Heimatsinn könnte diese Standortbehauptung frivol erscheinen. Wir nehmen sie ernst, wenn wir nicht an die landmessende Topografie denken, sondern an die ungemessenen Dimensionen des Humanen. Des Menschlichen also. Und das heißt: der Freundschaft. Von ihnen, den Freunden, die alle unmittelbar oder mittelbar zu Berlin gehören, dauerhaft oder gelegentlich, soll hier die Rede sein. Auf diese Weise das letzte Kapitel zu einem des Dankes machend, und des Dankens. Durch sie wird das *bene* (*vivere*) zum *bonum*. *Patria* zur Heimat. Wie häufig, gelegentlich ungeduldig mir abgefordert auch von wohlwollenden Lesern dieser Erinnerungen, rede ich hier ganz persönlich, rede ich von mir. Denn von mir rede ich, wenn ich von den Freunden rede. So war es ja schon, als ich erzählte von Joachim Bumke (S. 32–36), von Arthur Henkel (S. 29–32), von Eberhard Lämmert (S. 82–84), von Wolf Jobst Siedler (S. 205) und Fritz J. Raddatz (S. 123–125) und Wolf Lepenies

(S. 178–182) und Walter Jens (S. 189–191). Wortlos seien dazu auf der Tafel der Erinnerung zwei Namen eingegraben, die lebend zu meinem Leben gehörten und gegenwärtig bleiben. Walter Boehlich; und Reinhart Koselleck. Gleich ihnen ist dahingegangen Hellmut Becker (1913–1993), aber seine Person ist kausal allzu unmittelbar verbunden mit meinem letzten Lebensabschnitt, als dass ich nicht auf seinen Anteil an meinem Teil eingehen müsste. Und ein Gleiches gilt etwa auch für Peter Glotz, – in fernerer Nähe.

Hellmut Becker

München leuchtete? Also das nun doch nicht eigentlich. Aber es war ein heller Tag im Sommer 1979, dass ein neuer Lebensabschnitt sich ankündigte. Der auf seine Weise auch ein letztes Leben sein würde.

München also. Ich war für zwei Tage hingereist in Sachen des Goethe-Instituts. Und rief routinemäßig mein Karlsruher Institut an, – um zu erfahren, dass der Direktor des Max-Planck-Instituts für Bildungsforschung in Berlin mich dringend zu sprechen wünsche. Hellmut Becker also, mit dem mich seit den wirren Berliner Universitäts-Jahren 1966 bis 1970 mehr als eine sich nur kollegial verstehende Beziehung verband. So erfuhr ich denn, ihn anrufend, im trivialen Geviert einer bayerischen Telefonzelle, dass man in Berlin einiges vorhatte, das auch mich betreffen könne: Die Gründung eines »Institute for Advanced Study«. Inmitten der vielen mit diesem kühnen Plan des Wissenschaftssenators Peter Glotz befassten Gremien und ihrer Beratungen war es die gewichtige Stimme Beckers, die meinen Namen vorbrachte, – und es mit Gewicht und Wirkung tat.

Hellmut Becker war das Produkt einer großbürgerlichen Lebensform, das Kind eines Hauswesens, in dem Gelehrsamkeit, Politik und Geselligkeit beheimatet waren. Er brauchte nicht im Widerstand zu seiner Herkunft aufzuwachsen, der mächtige Vater wurde nie zum Übervater, der Sohn konnte ihn bewundern, anerkennen, respektieren, ohne sich in seinem eigenen Wachstum behindert zu fühlen. Bildung nicht als Programm oder Proklamation, sondern als Lebensform, beglaubigt durch Selbstverständlichkeit. So hielt es auch der Sohn: Das Haus von Antoinette und Hellmut Becker in der Dahlemer Thielallee war die letzte Erinnerung, die letzte Stätte der Salonkultur, die dem 18. und 19. Jahrhundert die Anmut-Geist-Allianz schenkte.

Einheit von Bildung und Tun – ihr war zuträglich jene Mehrheit, die Hellmut Becker organisch in sich trug: Die von Berliner Preußentum; von süddeutschem Wesen der Mutter; vom franko-romanischen Temperament der Ehefrau. Berlin und Straßburg und Kreßbronn, gärtnerisch gepflegt im Haus zu Dahlem.

Einheit von Bildung und Tun: Er war ein Herr, und er konnte durchaus herrisch sein, wo das Widrige menschlicher Unzulänglichkeit allzu sperrig sich äußerte. Aber der Herr hatte jenes Moment des *Seigneuralen*, das ihn mit den Einfachsten unter den ihm Anvertrauten leichthin jene Vertrautheit herstellen ließ, die sich der Gleichgestellte erst verdienen musste.

Aufklärung als pädagogisches Postulat. Mehrung von Menschlichkeit durch erfahrenes Wissen, durch bewusst gemachte Erfahrung. Und da wir dank Albert Camus wissen, dass wir uns Sisyphus als einen glücklichen Menschen vorstellen dürfen, erweist sich in solchem Sinne auch das steinwälzende pädagogische Mühen als ein glückbringendes. Insofern, als es sich ja bei allem pädagogischen Tun und Forschen um den Versuch handelt, das krumme Holz, aus dem der Mensch gemacht ist, gegen alle Regeln der Botanik und Mechanik um einiges gerader zu biegen …

Man hat Hellmut Becker mehr als einmal die Chance geboten, in den Fußstapfen seines Vaters politische Verantwortung zu übernehmen. Er hat dieser Versuchung nie nachgegeben. Er wusste, dass er Macht nicht ausüben wollte, weil er deren Grenzen, ja die Macht als Ohn-Macht im System der verwalteten Welt erkannte. Und weil er wusste, dass er mit dem Verzicht auf Machtausübung sich für seine Person die Chance der Wirkung bewahrte. Die er allenthalben wahrnahm: nicht nur über die ihm anvertrauten Positionen in den Systemen der Erziehung, der Fort- und Weiterbildung, der Forschung, sondern auch auf dem Weg über die persönliche Beziehung zu den Exponenten der Regierung, zu den Trägern der politischen Verantwortung. Er hatte früh gelernt, dass Politik nicht alles ist – aber dass sie in allem ist.

Hellmut Becker wusste, dass widerstandsloses Konsumieren von Kunst nichts anderes ist als dilettantischer Snobismus, Missbrauch von Kultur zufolge vorgespiegelter Teilhabe, mittels eines beflissenen gesellschaftlichen Aktionismus. Das Elternhaus lehrte ihn früh schon, die Musik zu lieben, vor allem deren dramatische Ausdrucksform als Oper. Um diese extreme Kunstform angemessen zu erfahren, bedurfte es mit Selbstverständlichkeit der Vorbereitung. »Wenn man in die Oper ging« (so führt er es aus im Gespräch mit Frithjof Hager), »war es üblich, dass man mehrere Stunden lang diese Oper am Klavier kennen lernte, wo meine Mutter sie uns vorführte.« Mit der Folge, »dass ich eine wirklich recht gute Opernbildung habe, die man vom reinen Anhören so nicht bekommen würde«. Es ist diese Affinität zur Oper, wenn überhaupt, so nur auf den ersten Blick hin verwunderlich. Da sie doch »das unmögliche Kunstwerk« (Oskar Bie), das kunstgewordene Konzentrat schlechthin alles dessen ist, was der Philosoph, der Anthropologe, der Erforscher der menschlichen Sinne und Leidenschaften und Gedanken auf seine Weise zu erfahren und zu deuten unternimmt. Das Konzentrat der archetypischen Affekte und fundamentalen existenziellen Positionen. Oper, das ist in sinnlicher Abbreviatur Liebe und Eifersucht, Treue und Verrat, Trieb und Leidenschaft, Versagen und Bewährung, Leben und Tod – und Über-Leben. »Oper kann nie schaden«, so sagt es der Pädagoge.

Operngeschehen, als bewegte und bewegende Szene

grenzenaufhebend verstärkt durch die individuellste *und* allgemeinste der Künste; durch die mathematisch am höchsten rationalisierte und emotional am tiefsten aufwühlende der Künste: die *Musik*. Die durch die Mutter wie die Ehefrau ein Teil von Hellmut Beckers Eigenleben war. Er kannte die Bestimmung der *ars musica* durch Hrabanus Maurus (der 847 zum Erzbischof von Mainz eingesetzt wurde – dort, wo heute das ZDF die Musik macht): *Sine musica nulla disciplina potest esse perfecta.*

»Partir c'est mourir un peu« – das sagt sich so. Ich lasse mich ein auf die Umkehrung: »Mourir c'est partir un peu«. *Un peu* – das klingt an an das fromme hymnische *Non omnis moriar*, »Ich sterbe nicht ganz«. Die Alten glaubten, dass »nicht ganz« gestorben sei, wessen Name noch genannt und bewahrt werde.

Und immer wieder ist da die schmerzhafte Erfahrung, die jeden von uns bewegt, wenn ein Nächster uns verlassen hat, für immer. Dann nämlich peinigt uns das Bewusstsein, was alles wir noch hätten mit ihm tun, was alles noch mit ihm besprechen wollen, was alles wir ihn hätten fragen und wofür ihm noch Achtung und Dank bezeugen müssen. Es mag wohl sein, dass wir gelegentlich den Lebenden gerecht werden. Immer aber bleiben wir den Toten etwas schuldig.

In meinem Falle gesellt sich diesem beschwerenden Gefühl übrigens noch das Bewusstsein einer freilich lässlichen Schuld hinzu. Ich stelle fest, dass ich

Hellmut Becker gegenüber in seinem Bereich des Didaktisch-Pädagogischen peinlich versagt habe. Wie hervorgeht aus einer Gesprächs-Bemerkung: Da heißt es beim Blick zurück auf die eigene Schulzeit (nicht im Zorn, sondern in distanziertem Wohlwollen): »Wirklich verdorben wurde mir nur die gesamte Welt des Mittelhochdeutschen; den Lehrern ist es nie gelungen, mir Walther von der Vogelweide nahe zu bringen.« Hier hätte ich etwas nachzuholen gehabt.

Das Mittelalter kannte eine Literaturgattung, die als Anleitung zum Sterben verfasst und benutzt wurde: Die *ars moriendi* (oder *de bono ordine moriendi; à bien mourir.*) Ihr Komplement war die Haltung des *contemptus mundi*. Ihre Begründung die unverrückbare Glaubensgewissheit. Der *contemptus mundi* war Hellmut Beckers Sache nicht – denn: Er lebte gern. Und allemal sah er es im Rahmen dessen, was einem Menschen, einem Lehrer möglich ist, als seine Aufgabe an, die *ars bene vivendi*, die Kunst des richtigen Lebens zu lehren.

Aber in einer letzten Andeutung will ich die Vermutung wagen, dass man auch das andere von ihm hat lernen können: die *ars bene moriendi*. So mag es denn erlaubt sein, sich eines Augenblicks zu vergegenwärtigen aus Hellmut Beckers letzten Lebenstagen. Es verlangte ihn nach Musik. Nicht nach irgendeiner, sondern er forderte den *Tristan*. Jene Musik also, die mit der Definition Beckers von »Welt« mit ihr gemein hat, dass die sinnenhafte Materie, dass die Liebe verlangt nach Transzendenz. Denn alle

Lust will Ewigkeit ... Er wollte die Musik einer »ungeheuren Lösung und Erfüllung« (Thomas Mann). Klänge, noch von dieser Welt, die schon Verheißung der anderen sind. Sich in Höhen verlierend, die höher sind denn alle Vernunft.

Norbert Miller

Würde und Dignität des Wissenschaftskollegs ist Reflex der Würde und Ausstrahlung seiner Mitglieder, das heißt der (in der Regel) für ein Jahr berufenen Gäste. Die wir, nach anderer Benennung vergeblich fahndend, gemäß angelsächsischem Vorbild »Fellows« nennen. Damit ist die wichtigste Aufgabe der Leitung gefordert: die Auswahl der »Richtigen«. Ihr wird ein hohes Maß von Sorgfalt und Genauigkeit abverlangt, denn eine einzige Fehlentscheidung kann drei gute Entscheidungen überschatten. Unentbehrlich als Berater, Helfer und Ermutiger sind mithin die Gutachter, die ihr akademisches Wissen und ihr moralisches Gewissen in den Dienst der Berufungen stellen. Es trifft sich gut, dass der nächste hier zu grüßende Freund zugleich einer der wirksamsten Berater des Auswahlgremiums ist. Und dies aus dem in der Tat verwunderlichen Grunde, dass ihm die Kompetenz auf nahezu der ganzen Skala der Geisteswissenschaften zugehört: Norbert Miller. Sein Lehrstuhl an der TU nennt sich »Vergleichende Literaturwissenschaft«, – aber seine Fähigkeit des wissenden Vergleichens und des gelehrten Urteils macht ihn zu einer nicht etwa von ihm behaupteten, aber von seinen

Kollegen erlebten Allkompetenz. Die er nie belehrend ausspielt, aber lehrend in sich trägt. Wann immer es um einen Rat auf dem Felde der Germanistik, der Anglistik, der Romanistik, der Kunstwissenschaft und Archäologie wie der Musikwissenschaft geht: Miller ist zuständig auf eine geradezu entmutigende Weise. Dem unsicher Fragenden damit den Mut zur Entscheidung schärfend. Er hat uns die Traumwelt Piranesis und ihre Dunkelheiten erhellt und ist den Wanderwegen Goethes nachgegangen, hat Noten hörbar gemacht und Worte singbar. Und alles fügt sich zu dem System, darin er uns zeigt, was es auf sich hat mit dem Verfertigen von Literatur, von Kunst als eigentlicher Wirklichkeit. Man sagt, er sei nicht *an* einer Universität, sondern er sei eine, sei *die* Universität. Man nennt ihn einen Universalisten, also das Gegenteil eines Generalisten, und scheut die Banalität einer solchen Charakterisierung nicht, – denn es ist ja das Vertrackte an der Banalität, dass sie allemal einen Kern Wahrheit – oder auch mehr – enthält. Und so schießen sie denn alle zusammen, die Fäden der Namen und Begriffe, die Zitate und Titel zu dem großen Bilde, nicht die Bruchstücke einer großen Konfession, sondern ihre Partikel. »*O splendor, it all coheres!*« (so der sterbende Herakles in Ezra Pounds Nachdichtung der *Trachinierinnen*). Das meint hier, alles hänge mit allem zusammen im Sinne der pädagogischen Provinz-Maxime Hartmuts von Hentig: A-H-M-A-Z. Das meint auch das leidenschaftliche Gespräch über das Spiel Fußball. Dabei geht es nicht um die kokette Scheinkompetenz, kraft derer manche Intellektuelle sich in fadem Blendwerk brüsten; auch nicht um etwa mein bestrebtes Laienwissen, das gerade noch tauglich ist, das fatale Wembley-Tor in mythische Höhen zu steigern; sondern es geht um Zuständigkeiten bis hinab zur zweiten Liga und tiefer, und um subtile Positionen und ihre Besetzung innerhalb eines Zwei-zu-Vier-Systems … Da tut es ihm allenfalls noch sein Freund Wolf Lepenies gleich. Was Wunder, dass Miller und seine verehrungswürdige Frau Gabi die beliebtesten Gäste landaus, landein sind, – aber auch auf diesem Felde überglänzen sie jeglichen Glanz: Ihr Haus vibriert von der Lebenslust der milden und wilden Gesellen, angelockt von den Töchtern und Enkeln und ihren Sippen, und es kann geschehen, dass der heimkehrende Hausherr zu später Stunde keinen Platz mehr findet in der Herberge und seinerseits die Gastfreundschaft von Freunden erproben muss, hoffend an ihre Tür klopfend.

Wollte also einer bei Nennung des Namens »Miller« allererst an *Kabale und Liebe* denken oder an den *Wendekreis des Krebses*, der hätte nur das kleinste Teil aus dieses Namens Weltfülle und Menschenmöglichkeit herausgelöst. Denn er hängt mit (fast) allem zusammen …

Peter Raue

»Ich hab hier bloß ein Amt und keine Meinung«, – so redet er sich heraus, der »Herr Wrangel«. Was aber eine Meinung jenseits allen Amtes vermag, das lehrt uns Peter Raue. Ohne je ein öffentliches Amt ausgeübt zu haben (so oft auch und immer wieder man ihm eines anbieten, ja andrängen wollte), hat er mit seiner »Meinung« das Geschehen bewegt. Will sagen, mit der Kraft seines Willens, der Fantasie seiner Einbildung, der Geschicklichkeit seines Handelns und dem Charme seines Verhandelns hat er in den letzten zwanzig Jahren die kulturelle Szene der Hauptstadt bewegt, sie belebt, geformt und umgestaltet. Intensiver, nachhaltiger als jeder Amtsträger, dem professionell auferlegt war, auf diesem von den Rissen und Klüften der Geschichte bewegten Boden »Kultur zu machen«, und den sein Glück doch im Wandel und Wechsel der politischen Gezeiten kaum je hinausgetragen hat über den Vollzug von Verwaltungsakten. Wo die öffentliche Hand weder offen noch wirksam war, da trat das Ereignis Peter Raue ein. Wo andere verzagten, ermutigte er. Wo andere versagten, gründete er. Man weiß, was die Sprache meint, wenn sie eine Sache oder einen Gedanken als »museal« bezeichnet. Raue hat die Bildende Kunst, die der alten Zeit wie die der Gegenwart, im Geviert der Museumsmauern aus dem Musealen erlöst. Hat Mäzenatengeist geweckt und Sponsorenwilligkeit stimuliert. Hat auf diese Weise den Thesaurus der Berliner Museumsschätze auf unschätzbare Weise bereichert und erweitert und hat blinde Augen sehend gemacht. Hat, wo immer sich keimhaft »Kultur« bewegte, das Seine hinzugetan, – und dieses »das Seine« war das Gelingen. So nicht nur inmitten prangender Dokumente der Bildwelt, sondern auch auf den die Halbwelt bedeutenden Brettern der Bühne, der singenden wie der sprechenden. Und der kammermusikalischen wie orchestralen Musik. Wo andere räsonieren, da resoniert er, will sagen, er fängt die Klänge der Welt auf und gibt sie mannigfaltig moduliert zurück.

Ein Münchner in Berlin, er repräsentiert das Alpine wie das Transalpine, ein mediterranes Oktoberfest im Spiel der Formwelt – und er vereint all dies mit dem nüchternen Preußenklang der flotten Sachlichkeit, pflanzt seine Palmen auf den sandigen Boden der Mark und macht, dass der preußische Schritt, der einst so wacker marschierende, nunmehr das leichte Tanzmaß schreitend annimmt. Was aber vor allem andern das Mirakel Raue macht, ist: Er hat im Alleingang, als wär's die leise Bewegung seiner Hand nur gewesen, die Museumswelt New Yorks nach Berlin gebracht, die des Museum of Modern Art und die des Metropolitan Museum. Und machte so über Nacht aus unserer Halbweltstadt eine Weltstadt. Das aber heißt, die Menschen sind gekommen in hellen Scharen, sie haben halbe Nächte und ganze Tage geduldig wartend verbracht und betroffen staunend, und solche unvermutet in unserem nüchternen Gemeinwesen erweckte Passion galt auch den Ausstellungen so dunkler Seelentiefen auf weiter Leinwand wie der schlafenden Nächte Goyas oder der abgründigen Cellotöne der Melancholie.

Bei alledem möchte es scheinen, als habe dieser

Mann der bewegenden Meinung in der Tat kein Amt. Er hat indes einen Beruf, und der bringt ihm im Jargon des Boulevards den Titel des »Staranwalts« ein. Den er redlich verachtet, – auch wenn sein Erfolg eine solche Bestimmung zu rechtfertigen scheint. Seine Kanzlei präsentiert sich, wie denn anders, am »Potsdamer Platz 1«. Und nur à part sei gesagt, weil er es nicht hören mag: dass dieses prominente Vorzugskind der Gazetten (ich weiß, was ich sage) sehr leise und unvermerkt und jenseits aller Erwägungen eigenen Profits, seine professionellen Starqualitäten oft und oft Menschen zugute kommen lässt, die verraten wären ohne seinen Rat: da hilflos den Verwerfungen der eigenen Unzulänglichkeit oder dem Übermut der Ämter ausgeliefert.

Der Mensch: das Wesen, das Vernunft hat? Das genügt nicht. Der Mensch: das Wesen, das Kunst macht? Wieder nicht genug. Richtiger die Kombination von beidem: der Mensch, das Wesen, das aus der Vernunft Kunst macht. Genauer noch ohne den Artikel: das aus Vernunft Kunst macht. (Und wehe uns, wenn sie, die Vernunft, schläft, wir wissen, was sie dann gebiert.)

»Der Name sagt mir was.« So vor einigen Jahren das spielerische Motto einer seiner Festveranstaltungen, zu denen Tout Berlin hofft eingeladen zu sein. Und beinahe Tout Berlin ist dann auch da. Im eigenen Namen, hundertfach. Aber der sagt allemal weniger als der eine Peter Raues.

Umfragen aus jüngerer Zeit, die, wie man weiß, den Anspruch auf Wahrheitsfindung repräsentieren, fördern zu Tage, dass er mit Richard von Weizsäcker und einem Herrn Jauch und einem Herrn Gottschalk »zu den bekanntesten Deutschen zähle«. Ihm dies in Erinnerung rufend (denn natürlich kannte er diese Botschaft längst), winkte er so lebhaft wie entschieden ab, mich sanft verbessernd: »Nicht ich mit denen. Sie mit mir …«

Darin also ist er uns allen voraus. Auch mir, obschon ich ein Jahr vor ihm geboren bin. Aber er ist mir auch auf andern Feldern überlegen. So sind wir uns zwar nicht ganz darüber im Klaren, wer von uns beiden der Erste war, Richard Wagner zu entdecken. Aber etwa die bezaubernden »Nuits d'été« von Berlioz, sie verdanke ich seiner Kennerschaft; wie auch probate Ratschläge, des Alters in den Rückenwirbeln bohrende Molesten zu bekämpfen.

Vicco von Bülow: als »Loriot« ist er nicht ein geflügelter Name, nicht eine Person, nicht ein Pseudonym. Sondern er ist ein Begriff. Will sagen, es gibt im Geschehen des gelebten Alltags Situationen, die, obwohl unter dem Schein des Normalen, von derart aberwitziger Exzentrizität sind, von derart skurriler Abnormität, von derart aparter Entlegenheit, dass man ihrer Begreiflichkeit schlagartig inne wird, wenn man feststellt: »Typisch Loriot!« Denn das ist sein großes, sein einzigartiges Verdienst: Er hat den Loriot in uns entdeckt. Das will sagen, er hat spezifische

Eigentümlichkeiten der menschlichen Natur und ihrer Art, sich zu äußern, bildhaft bewusst gemacht. Deren wir ahnend schon inne waren, deren in uns mächtige Natur wir aber noch nicht fassten. Tiefenschichten, die auch Freud aufzublättern nicht gelang (denn sie haben wenig oder gar nichts im Sinne mit den Dämonen oder Grazien der Sexualität); und die sich, ans Tageslicht des skizzierenden Strichs gebracht oder des dialogisierenden Sketches, als Archetypen unseres Selbst preisgeben. Angesichts der absurdesten Situationen, der exzessiven Ab-Seitigkeiten, erfahren wir urplötzlich: *das bist du*. Die Grunderkenntnis des Selbst. Die philosophische Urfrage.

Vicco und Romi, Monica und ich: Zu viert haben wir, von Wagner ausgehend und meist auch zu ihm zurückkehrend, des Lebens widerspruchsvolle Fülle beredet, zerredet, verlacht und beweint. Und nie setzt Loriot sich selbst in Szene. Er bestimmt sie, ohne bestimmend zu sein. Sie ist mit ihm – und hebt ihn in ihrer Regie auf. Er ist immer hörbar, nie aber ist er laut. Und immer wieder gibt er uns die Chance und die Not, jenes anthropologische Urelement fragend zu erkennen, das sein Wesen auszeichnet vor uns allen, und das mit gängigen Begriffen nicht zu fassen ist: Was es auf sich hat mit der ihm eigenen Haltung des zugespitzten Humors, des gewitzten Witzes, der hier vorder- und dort hintergründigen Ironie, des wechselbalgigen Maskenspiels, der gaukelnden Lust am Rollentausch, der ingeniösen Lust an der Imitation … Imitation, die wirklicher ist als das nachgeahmte Original, weil sie dessen Substanz in der Abstraktion bloßlegt. Wie definieren wir ihn und sein sehr ernstes Possenspiel? Killys Literaturlexikon – um eines der zuständigen Nachschlagewerke zu Rate zu ziehen – sagt zu ihm: »Humorist, Cartoonist, Satiriker«. Nichts davon! All dies zielt und trifft vorbei. Sein Welttheater, seine Theaterwelt, die Träume handfest macht und dem Handfesten Traumgestalt gibt: All diesem wird man wohl nur gerecht, wenn man solche zentrifugale Vielfalt versammelt unter dem Begriff, dem viel missbrauchten, des »Humors«. Der ja nichts zu tun hat mit Spaßmacherei, – vielmehr hört bei ihm der Spaß recht eigentlich auf.

Der wahre Spaßmacher, der Komiker im Humor ist ein Mensch, der das Leben ernst nimmt. Wir steigen tiefer hinab, zu des Begriffs Ursprüngen: Das lateinische Wort *humor* meint »Feuchtigkeit«. Die Bestimmung eignet sich eine zeichenhafte Bedeutung an über die antik-mittelalterliche Säftelehre, die so genannte Humoral-Pathologie. Die sich versteht als die Vorstellung, es sei die menschliche Natur zusammengesetzt aus (vier) Säften. Deren Eigentümlichkeit die Eigentümlichkeiten des menschlichen Charakters und Temperamentes ausmacht. So etwa den Melancholiker (dessen Traurigkeit sich nicht hemmend, sondern nährend auswirkt auf seine kreativen Stimmungen); den Phlegmatiker, den Sanguiniker; den Choleriker. Aus diesen Wurzeln entwickelt sich im Laufe der Jahrhunderte eine all dies umfassende, in sich aufnehmende und angemessen verwandelnde

Humoralpsychologie. Und von ihr aus ein gewisser Modus, Welt und Leben zu betrachten. Und es tragend zu ertragen. Eine recht moderne Form menschlicher Verhaltensweisen, einsetzend eigentlich erst mit dem 18. Jahrhundert, dem alles aufklärenden. Etwa von Cervantes und Laurence Sterne über Jean Paul und Goethe bis zu Fontane, zu Thomas Mann, zum Schelmenroman, zu Grass und Thomas Bernhard.

Wenn man dann fragt – und ich bin immer noch und immer näher bei Loriot –, welcher Art die Gegenstände sind und die Vorgänge, die solche Geisteshaltung beglaubigen: als da sind lächelnde Heiterkeit, versöhnliche Gelassenheit, tolerierendes Hinnehmen und verstehende Nachsicht angesichts der aus krummem Holze gemachten Menschennatur, dann begreift man schließlich: Das Wesen des Humors bestimmt sich aus der Fähigkeit, inmitten des fehlbaren Zustands der Dinge die Unzulänglichkeit des eigenen Ich, seine Schwäche und Bresthaftigkeit zu erkennen – und zu ertragen. Das Komische nicht als des Schrecklichen Anfang – sondern als sein Ende. Das scheinhaft Wesentliche wird unwesentlich: Dialektik als humorige Denkfigur.

Dies alles bedacht, und des Weiteren das sich unzähligen Begegnungen in Bayreuth und Berlin und am Starnberger See und anderwärts zu Verdankende und dem persönlichen Bericht sich Entziehende, wird man resümierend statuieren: Dieser Vicco von Bülow ist die Inkarnation der allem Lernen und Erfahren vorausgehenden, sie treulich begleitenden Maxime, *ridens dicere verum*; im Lachen die Wahrheit zu sagen. Sie in ihm zu entdecken. Sie dem Lachen preiszugeben. Im Lachen auch den Schmerz zu (ver)bergen.

Und das ist viel. Um nicht zu sagen, es ist alles, was die Kunst vermag, was ein Künstler, ein Lehrer, ein Aufklärer vermag. Solche Kunst und die Fertigkeit, sie auszuüben, verdankt sich dem leisen Pathos der Überzeugung. Vicco von Bülow ist ein Überzeugungstäter. Und mehr noch: Er ist ein Wohltäter.

So wird es nicht verwundern, dass ihm als Dank der Welt die Ehrendoktorwürde verliehen wurde. Und die des honorigen Professors. Sie ist ihm ganz und gar gemäß, denn als Professor lehrt er. Und ist glücklich in solchem Tun, denn schon früh hat er, meine Art der Berufsausübung skeptisch abwägend, mir gestanden, dass es ihm immer noch leichter falle, selber zu reden, als den Reden anderer zuzuhören …

Sternbilder

»Ainsi nous ne vivons jamais, mais nous espérons de vivre.«
(Blaise Pascal)

»Die Frage nach dem Zweck des menschlichen Lebens ist ungezählte Male gestellt worden; sie hat noch nie eine befriedigende Antwort gefunden, läßt eine solche vielleicht überhaupt nicht zu.«
»Man möchte sagen, die Absicht, daß der Mensch ›glücklich‹ sei, ist im Plan der Schöpfung nicht enthalten.«
(Sigmund Freud, Das Unbehagen in der Kultur)

»Disce, puer, virtutem ex me, verumque laborem,
Fortunam ex aliis ...«
(Aeneis, 12. Gesang)

»Darum sollten die Menschen nie leichten Abschied von einander nehmen, damit sie unter Umständen doch sagen können: Wenigstens habe ich ihn noch recht an mein Herz gedrückt.«
(Thomas Mann, Der junge Joseph)

»Victrix causa Diis placuit,
sed victa Catoni.«
(aus den Pharsalia des Lucanus)

»Der Mensch soll um der Güte und Liebe willen dem Tode keine Herrschaft einräumen über seine Gedanken.«
(aus dem Schneekapitel des Zauberbergs)

Vorlesung in der Alten Aula der Universität Heidelberg (1961).

Fackelzug anläßlich eines auswärtigen Rufes, Heidelberg 1962.

Im Gespräch mit Reinhard Lettau in Kalifornien (1972).

Während einer Lesung der Gruppe 47 in Saulgau, zwischen Jürgen Becker und Reinhard Baumgart.

Mit dem Wissenschaftssenator Professor Stein und Günter Grass, Berlin 1967.

Gespräch mit Alexander Mitscherlich in Frankfurt (1971).

Zu dritt lernend in den USA: Jochen Stoehr, Christoph Schneider, P. W. (1980).

Der erste Fellow: Gershom Scholem.

Bei der Eröffnung des Wissenschaftskollegs mit Marianne von Weizsäcker.

Runde im Wissenschaftskolleg mit Wilhelm Kewenig, Jean Bollack, Stanislaw Lem, Karl Carstens, Christian Graf von Krockow, Nicolaus Sombart.

Pausengespräch im Wissenschaftskolleg mit Wolf Jobst Siedler und Jochen Stoehr.

Zwei Rektoren mit Vor- und Rückhand: Wolf Lepenies und P. W.

Karl Popper erhält die Goethe-Medaille, Weimar 1992.

Anwalt der Künste und des Rechts: Peter Raue.

Rundfunkaufnahmen im SFB.

Claudia Baumhöver und Fritz J. Raddatz (7. September 2002).

Mit Monica und dem Bundespräsidenten Johannes Rau in der Paris Bar am 7. September 2002.

Mit Romy und Vicco von Bülow anlässlich Loriots Berufung zum Professor an der UdK (1. Juni 2003).

Tagung der Deutschen Akademie für Sprache und Dichtung in Turin 2002, mit Norbert Miller, Harald Hartung, Reinhart Koselleck, Uwe Timm.

Norbert Miller (Turin).

Vor dem Haus von Inge Feltrinelli mit der Gastgeberin, Reinhard Baumgart und Hartmut von Hentig.

Mit Monica und mit Nike Wagner im Lichthof, anlässlich der Ehrensenatorwürde der TU (Herbst 2002).

Namenverzeichnis